Catherine Laborde

Trembler

PLON
www.plon.fr

12, avenue d'Italie
75013 Paris
Tel : 01 44 16 09 00
Fax : 01 44 16 09 01
www.plon.fr
www.lisez.com

Mise en page : Facompo (Lisieux)
Dépôt légal : octobre 2018
ISBN : 978-2-259-26529-4

Trembler

Du même auteur

La douce joie d'être trompée, Anne Carrière, 2007.
Maria del Pilar, Anne Carrière, 2009.
Si tu ne m'aimes pas, je t'aime, avec Thomas Stern, Flammarion, 2010.
Les chagrins ont la vie dure, Flammarion, 2016.

À T. S.

Avertissement

Cher lecteur,

Vous trouverez ici et là dans ce texte des mots qui n'existent pas ou qui reproduisent plusieurs fois la même lettre, voire la même syllabe. Des mots réels, exacts ou non, qui apparaissent de façon quasi intempestive dans ce récit.

Ne vous en étonnez pas. J'aurais pu les effacer à la relecture, mais j'ai, au contraire, tenu à conserver les traces des difficultés rencontrées par mon cerveau lorsqu'il s'agit de le faire travailler quand un intrus vient court-circuiter son fonctionnement.

Voilà pourquoi certains mots sont indiqués avec un astérisque.

Cette faiblesse de l'esprit, ces carences ou absences ou dysfonctionnements des neurones survenus lorsqu'on ne les attend pas, tous les Parkinsoniens pourraient vous les décrire chacun à sa manière, ils les rencontrent et les connaissent. Pour eux, pour moi, Parkinson est devenu un compagnon que je n'attendais pas, qui s'est installé en intrus et avec lequel il me faut cohabiter. Or, l'un des traits insupportables de cette maladie est précisément le silence auquel la personne qui en est atteinte se contraint par crainte de prononcer une incongruité. Je veux donc tenter de vous faire partager l'expérience que je vis et endure à travers ce détail stylistique afin que vous perceviez plus concrètement ce que nous, les victimes de Parkinzoom, éprouvons face à une réalité qui nous échappe, impossible à partager malgré notre désir avec les bien-portants. Par peur, nous nous infligeons cet isolement.

Vous remarquerez aussi au fil de votre lecture que le mot qui désigne cette maladie est orthographié de manière changeante ; seul le P majuscule sera la lettre pérenne capable de faire reconnaître Parkille, Parquisson, Parpiquon, etc, quelle que soit l'orthographe adoptée. Une autre manière de vous convier à découvrir et peut-être partager, à défaut de comprendre, notre quotidien chaque jour plus erratique.

C'est aussi une vengeance personnelle : si cette affection porte le nom de celui qui l'a découverte, un médecin anglais du XIXe siècle nommé Parkinson, si je respecte et admire ce chercheur qui a fait progresser la science avec cette découverte de 1817, si l'idée de lui donner son nom vient du grand Charcot qui souhaitait rendre hommage au découvreur de cette maladie neurologique chronique dégénérative affectant le système nerveux central ; le mal s'insinue tellement bien dans le verbe TREMBLER, s'y installe, s'étale avec tant de sans-gêne et de volupté, que je n'ai pas une seconde voulu lui faire la grâce de le reconnaître en l'affublant de lettres toujours différentes. Chacun sa manière de lutter. Celle-ci est la mienne.

Prologue

Le vieil homme tente d'avancer, le regard tendu vers le fauteuil à l'autre bout de la pièce immense. C'est là-bas qu'il l'a oublié, il en est sûr. À cause de la brandade : le vendredi il a droit à la brandade de morue et elle est délicieuse. Du coup, il a abandonné son journal pour vite, vite, s'installer devant son couvert. Et ses jambes ont suivi, il trottinait presque ! À croire qu'il joue la comédie quand il prétend ne pas pouvoir marcher.

Et après une sieste digestive un peu plus longue que les autres jours à cause de la brandade, le voilà réveillé, debout devant la porte du salon, à nouveau à la recherche de son journal et de ses mots croisés. Qui lui a encore pris son journal ? S'il pouvait, il accuserait le chat. Ça y est ! Il l'a vu, et grâce au chat justement qui était couché dessus ! Ce chat est magnifique. Le journal l'intéresse autant que son maître : lui pour l'odeur de l'encre et de la brandade, et son maître pour les mots croisés et la brandade aussi. « Tiens, viens prendre ce qui reste, c'est bien peu, mais c'est toujours ça et personne ne nous voit. »

Et à présent aura-t-il la force d'aller chercher le journal jusqu'au fauteuil à l'autre bout de l'immense pièce ? Tout seul, on le laisse toujours tout seul ; de toute façon, il déteste qu'on s'occupe de lui. Tous ces gens qui vont, viennent et repartent, infirmiers, aides-ménagères, c'est trop, il ne les connaît pas, ce ne sont jamais les mêmes. Sauf le facteur. Le facteur, c'est toujours lui, monsieur Gustave. Il est très gentil, et jamais en retard. Il apporte le journal tous les matins dans sa voiture jaune. Un petit coup de klaxon pour prévenir de son arrivée, et presque aussitôt la silhouette du vieil homme se découpe dans la porte d'entrée, il est heureux d'accueillir le facteur. Le rituel est respectété*. Comme tous les matins, monsieur Gustave propose de lui apporter le journal jusqu'à la maison : « Ça vous fatiguerait moins, vous n'auriez pas besoin de traverser tout le jardin. » Mais il dit non, comme tous les matins, ce n'est pas la peine, ça lui fait un peu d'exercice.

D'ailleurs, il l'accompagne jusqu'à sa voiture et il rit parce qu'il marche presque facilement, et le facteur aussi rit pour la même raison. « D'accord ! D'accord ! Comme vous voulez ! Bonne journée ! Adishatz ! » Il attend que monsieur Gustave soit remonté dans son véhicule jaune avant de se hasarder à repartir à l'intérieur de la maison. Il tremble beaucoup à nouveau. La poignée du portail dans la main gauche, il vérifie que personne ne le voit et se risque quand même. Le journal coincé dans la ceinture du pantalon, le vieux monsieur avance comme on goûte l'eau avec le pied au bord de la mer : prudemment ; le pied droit glisse sur la dalle, puis le gauche, il va perdre l'équilibre, mais non ; le corps immobilisé, il tend le bras gauche vers le lilas, s'accroche à une branche souple, et d'un seul coup, comme si l'arbre lui insufflait de l'énergie, du dynamisme, de la jeunesse, il se redresse. Le corps est droit, les épaules dégagées, il a lâché l'arbrisseau et fait demi-tour d'un pas assuré vers la porte d'entrée. Le journal à la main, il sourit.

Ce n'était pas si difficile.

La maison l'attire, le protège de ce présent où il perd ses forces, l'ombre de sa femme l'accompagne dans toutes les pièces. Dans chacune, il peut se rappeler leurs moments de bonheur, l'époque où la folie ne l'avait pas encore envahie toute. Il a besoin de sa solitude pour la retrouver, elle. Il a hâte de mourir et clame à qui veut l'entendre que le jour de sa mort sera un beau jour parce qu'il l'aura enfin retrouvée, belle et jeune.

Elle, ne l'aura pas vu trembler.

Lui, refusera toujours de la reconnaître réduite à sa déchéance.

Mais aujourd'hui, vendredi, la mort reste éloignée, et la brandade tient toutes ses promesses.

Il a jeté un œil sur les mauvaises nouvelles du monde et a repris deux fois de la morue. Et puis il a fait la sieste dans son bureau. À son réveil, l'attendent comme toujours le chat et les mots croisés. L'éternel rituel d'aller chercher son *Sud-Ouest* l'oblige à se déplacer encore en traînant les pieds comme un bagnard épuisé. Il se sent si fatigué. Personne ne s'en rend compte, évidemment. Personne ne pourra l'aider sauf le chat qui, soudain, se roule par terre avec retour immédiat sur le haut du dossier pour aiguiser quelques griffes. Le vieil homme proteste mais c'est pour la forme. Il sourit plutôt des cabrioles, sauts, bonds et culbutes que trace le chat dans de parfaites arabesques. Telle une flèche, l'animal bondit sur le dossier du fauteuil et glisse sur l'assise comme pour encourager celui qui, désormais, se déplace avec tant de peine. Il aimerait se lover entre les genoux cagneux de son maître qu'il encourage à passer entre ses pattes dans une danse hasardeuse. Il se retourne de temps en temps, sa queue en l'air tel le parapluie d'un groupe de Coréens traversant le Louvre, et laisse voir son petit trou du cul blanc bordé d'une jolie touffe noire. Il bondit d'une chaise à la table et jusqu'au fauteuil comme pour tracer la route de son compagnon.

Concentré sur son projet, le vieil homme garde l'œil fixé sur le journal. Il tente de se lever, prend son élan, mais contrairement à ce matin, les jambes tremblent de plus en plus, surtout la droite. Il l'insulte comme s'il parlait à une personne.

— Ah ! C'était si facile tout à l'heure. Tu me prends pour une andouille ? Mais pourquoi ces sacrées jambes ne suivent-elles pas ?

Il arrive enfin à se mettre debout et, poussé par l'agitation fiévreuse qui le gage*, sans rien demander à personne, il se décide à traverser le salon jusqu'au fauteuil pour récupérer son journal. Le chat, installé à nouveau sur le large accoudoir, le regarde s'approcher en clignant des yeux, les pattes repliées sous le ventre. À la vue de son ami si lent à se déplacer, il se redresse en s'étirant. Il espérait un reste de brandade, elle a disparu, tant pis. Il aiguise encore quelques griffes. Le vieil homme ne proteste plus. Bouche bée, il admire son petit compagnon qui, d'un coup, virevolte encore et encore, et brutalement choisit de s'étaler de tout son long dans le creux que forment les cuisses amaigries du vieil homme. Le chat a fermé les yeux et ronronne bruyamment, la tête posée sur ses genoux. Il a retrouvé sa place favorite. Le vieil homme aussi, tout entier absorbé par les grilles de ses mots croisés.

Soir d'octobre

Tout commence un soir d'octobre à Paris. Dans la rue sombre, on devine l'ombre des passants qui pressent le pas pour échapper à la bise. Je prépare le feu dans la cheminée du salon tandis que lui s'affaire autour des coquilles Saint-Jacques, les premières de la saison. Comme toujours, j'admire la manière amoureuse dont il traite les coquillages. Penché vers eux, il les dépose sur la planche, les nettoie délicatement, puis les enveloppe dans du papier absorbant. Il les touche comme on caresse la joue d'un tout-petit, séparant les coraux de la chair blanche à peine badigeonnée d'huile d'olive, prêts pour un aller-retour dans la poêle. Voilà. À table ! Au moment où il s'assoit, il me lance : tu devrais voir un médecin, ta main droite tremble. Ah ! Bon ! J'allais me servir, je retiens ma main, la regarde. Oui, c'est drôle, elle tremble... C'est parce que j'avais peur de me brûler en allumant le feu. Il insiste, peut-être c'est ça, peut-être pas. Va voir quelqu'un, il faut que tu consultes.

Je grommelle :

— Que je consulte ? Mais qui ? Regarde ma main, elle tremble à peine.

— Va voir quelqu'un, d'accord ?

— Bon d'accord, ces Saint-Jacques ! Sublimes ! Oui, oui, je n'oublierai pas.

Le lendemain, je prends rendez-vous. Ce sera pour le 10 octobre, rue de l'Assemblée, au numéro 4, avec un neurologue.

Je me souviens précisément de la date parce que ce jour-là le chauffagiste était venu vérifier la chaudière avant l'arrivée de l'hiver. Il faisait encore doux, l'été voulait revenir et ce mois d'octobre s'annonçait comme l'un des plus chauds que la Terre ait connus. On parlait réchauffement de la planète, été indien, on fredonnait Joe Dassin, ça n'allait pas si mal après tout, et le jeune homme qui conduisait le camion avait de bien beaux yeux. Aussi efficace pour nettoyer les radiateurs que pour conduire dans Paris, droit devant lui. Il évitait de me regarder, se contentant de deux ou trois coups d'œil en douce aux feux rouges. Il parlait peu. Nos échanges étaient comme l'air, légers.

Tout avait pourtant mal commencé entre nous. Quelques minutes plus tôt, j'avais presque éclaté de rage à cause du retard pris par la vérification de la chaudière qui risquait de me faire rater le rendez-vous. Il avait posé son regard gris-bleu sur mes joues toutes rouges, je déteste être en retard, vous comprenez ? Il a hoché la tête. Venez, je vous emmène. Mais comment ? Avec mon camion. Mais vous n'avez pas fini ! Si, si, ne vous inquiétez pas. Vous allez où ? Convention. Nous y serons dans vingt minutes, ça vous va ? Bien sûr, ça me va.

Nous voilà partis et, à peine la portière claquée, je sens le sommeil m'envahir d'un coup, ça m'arrive de plus en plus souvent de m'endormir brutalement, n'importe comment, n'importe où, comme si un hypnotiseur me l'ordonnait ; je m'endors, donc, bercée par les cahots, les nids-de-poule, je glisse sur son épaule... Soudain, je vois le médecin qui court devant moi, je dois le rattraper. Docteur ! Docteur ! Je ne suis pas en retard ! Je pourrai vous montrer. Regardez ! Regardez ! Je tremble ! Ma main ! Rendez-moi ma main ! Ma main ! Mon cri me réveille. Ma tête est encore appuyée sur son épaule. Vite, je me redresse, lui aussi. Il me regarde, un peu troublé. Gênée, j'enchaîne un sourire niais. On oublie les cris, on les efface. Et pour éviter le silence, on se met à parler.

Je pose les questions, lui répond ; je me réveille peu à peu en l'écoutant. Il va partir dans le Sud, du côté de Nice, pour rejoindre son amoureuse qui vient de signer un contrat d'infirmière là-bas. S'il va trouver du boulot à Nice ? Il ne sait pas trop, pour le moment, il n'y pense pas ; il a l'air heureux. Il me regarde du coin de l'œil de temps en temps, l'air ébahi, aussi étonné que moi de notre drôle d'intimité ; il murmure Ah, si elle me voyait là, avec vous ! Finalement on a fait un selfie à un feu rouge, sinon, elle n'allait pas le croire. Il m'a déposée au carrefour du pont, je lui ai souhaité bonne chance, j'ai sauté du marchepied et je me suis retournée vers lui, ses yeux étaient devenus gris. J'ai traversé vers l'immeuble ocre carrelé au numéro 4 de la rue de l'Assemblée... Décidément, ce début d'automne s'annonce comme un début de printemps ; les hommes sont beaux, les jeunes femmes les suivent du regard et ralentissent le pas sans même s'en rendre compte. « Comme la vie est lente, et comme l'espérance est violente. » Apollinaire. Son pont Mirabeau est juste derrière moi ; et là, le numéro 4. Je pousse la grille.

Tout est beau dans cet immeuble, l'intérieur comme l'extérieur, motifs gracieux, fers forgés dans la rampe, petites colonnades dans le jardin. L'immeuble baigne dans cette couleur ocre, entre rose et jaune, qui évoque l'Italie, le soleil, la chaleur...

Là-haut m'attend le médecin, le vrai. Je sonne, la porte s'ouvre sur un corridor sombre. À voix basse, on m'invite à entrer et à enlever mes chaussures pour protéger l'enfant qui dort dans la pièce à côté. On pénètre dans un bureau où les calebasses s'appuient sur des murs couverts de vieux livres ; les fenêtres ouvrent sur la cime des arbres de l'avenue. Le soleil se glisse dans le feuillage roux des premiers jours d'octobre… Il se retourne vers moi, je le découvre enfin.

Premières rencontres

Il est mince, jeune, le cheveu en bataille, l'œil vif, rieur, vêtu d'une blouse blanche comme à l'hôpital. Au diable les mauvais rêves, il me plaît, la journée s'annonce agréable. Je lui parle des tremblements dans ma main droite. On joue ? On joue.

Je dois marcher d'abord de long en large dans son bureau, puis il me demande d'écrire, puis de tenir en équilibre sur un pied, puis de dessiner une horloge… C'est plutôt rigolo. Sauf pour écrire : depuis quelques mois, je n'arrive plus à écrire à la main. Sans doute la fatigue. Heureusement, il reste l'ordinateur. Et à présent, il parle, il parle, il décrypte mes tests : je découvre que je marche sans me servir du bras droit, mon écreviste* ressemble à des pattes de mouche et ce n'est pas à cause de la fatigue. Le mot de Parkinson revient bizarrement souvent dans ses explications. Une question me taraude ; au moment où je la pose, je la regrette déjà ; trop tard, il répond. Oui, dit-il calmement, oui, vous avez la maladie de Parkinson. Moi ? C'est quoi cette blague ? Moi, j'ai cette affreuse machine dans mon corps ? Ce truc qui change les mots, les phrases, qui abolit la pensée, la raison, la mémoire !

J'énumère dans ma tête tous les symptômes que je connais ou dont j'ai seulement entendu parler : le visage de la tante Germaine qui dodelinait de la tête à longueur de journée, ma mère qui la regardait sans la voir, ma prof d'histoire qui tapait le chiffon de craie sur sa jupe, passait la main dans ses cheveux qu'elle saupoudrait de craie et quittait la salle à la fin du cours, blanche comme un Pierrot. Le fleuriste qui mangeait ses fleurs, surtout les rouges. Ah ! Non ! Lui, c'était Alzheimer, je mélange tout.

— Tenez, à propos, est-ce qu'on est épargné d'Alzheimer quand on a Parkikizon ?

— Non, répond-il.

— Et on peut avoir les deux en même temps ?

— On peut.

Je veux regarder la vérité en face. Tout connaître de cette maladie, comment elle évolue, est-ce qu'on peut en mourir, en guérir, je veux tout savoir ; mon obstination lui arrache un semblant de sourire. « Tout connaître de cette maladie, c'est impossible, dit-il ; on commence à peine à comprendre le cerveau humain, mais… je vous tiendrai au courant des progrès. »

Je remercie.

Je rentre chez moi, un poids lourd sur les épaules. Un mot nouveau devenu réalité hante mon esprit pour toujours.

J'établis une liste non exhaustive des symptômes :

trembler
baver
tourner en rond
crampes
ralentissement de la marche
hésitations
mémoire récente défaillante
discours incohérent
cauchemars
perte des repères géographiques
main gauche tordue
constipation
larmes
sentimentalisme
trébuchements
insomnies
hallucinations fugaces
fourmillement dans les pieds, le dos
peur des escaliers, des vélos, de la vitesse, des bêtes sauvages, d'être abandonnée, d'être seule la nuit
peur de tout
généalogie incertaine
déambulations sans objet

Est-ce que tout cela fait une maladie ?

Je suis bien certaine, cher lecteur, qu'à lire la courte liste non exhaustive de ces symptômes, certains d'entre vous se croient aussitôt aux portes de la mort. Détrompez-vous : la lecture des symptômes de Parkinsong ne donne pas la maladie de Pazrkison.

En attendant, n'ayez plus peur, et continuez votre lecture. Je vous rappelle que Parkinsson n'est pas une maladie mortelle, contrairement à d'autres dont on ne se remet pas. Notez aussi, je vous prie, que le fait de vivre une maladie qui n'est pas mortelle n'implique pas que nous soyons immortels, vous l'aurez remarqué.

Et si votre inquiétude est plus forte que tout, allez consulter un neurologue.

Parkinsom

Justement, derrière son bureau, le mien sourit. Il connaît ces moments où le patient oscille entre cynisme et panique. « Vous allez trop loin, ces symptômes ne vous concernent pas en ce moment et rien n'indique même que vous aurez à souffrir un jour de ce genre de problème. »

Je m'en fous, ce n'est pas moi. Ce n'est pas moi, et je n'en veux pas, vous comprenez ?

Mais c'est quoi ces mots qui ne veulent rien dire ? C'est quoi ce « en ce moment » ? Et après qu'est-ce qu'il se passe ? On guérit ? Je fais l'effort de rescousser*, j'obéis, je suis perdue. Ce n'est pas possible, je suis venue simplement à cause d'un petit tremblement dans le bras droit, il faisait beau, tout allait bien, l'irruption de la maladie n'avait rien à faire ici, je n'ai jamais été malade, je me trompe de mots. Rien de grave, juste des bévues, des oublis saugrenus, ça peut arriver à tout le monde. J'ai l'air d'une petite nature comme ça, mais vous savez, docteur, je suis très résistante, très vaillante quand je veux, c'est juste de la paresse, oui, je suis très paresseuse. Et d'ailleurs, tout ce que je dis là, je le garde pour moi, je ne vous dis rien, ça m'évite de chercher mes mots, j'écoute, j'ai l'impression que vous parlez à quelqu'un d'autre que moi. D'ailleurs, je ne comprends pas bien ce que vous dites, vos mots me sont complètement étrangers.

Il doit trouver que je fais une drôle de tête, je sens les tremblements qui reviennent, je ne sais pas pourquoi, je ne veux pas qu'il voie ma main trembler, je la regarde sévèrement comme on regarde un chien mal élevé. Ma main est devenue mon animal de compagnie. Il l'a vue.

— Ne vous inquiétez pas, grâce aux médicaments que je vais vous donner, personne ne se rendra compte de votre maladie, elle va rester invisible. Mais bon, pour vous mettre à l'aise, que vous en sachiez plus sur ce qui vous arrive et risque de vous arriver, je vous propose d'aller voir la professeure la plus en avance sur la maladie de Parkinesson. J'espère qu'elle pourra vous confirmer le diagnostic et vous rassurer. Avec une pareille nouvelle, deux avis valent mieux qu'un, c'est sûr. Allez la voir, je prépare une lettre à son intention. Et inutile d'alarmer votre entourage, en dehors de votre mari bien sûr, mais pour vos enfants, vos amis, vos collègues, l'expérience me fait dire qu'il est préférable, pour le moment, de ne pas en parler.

Parkinsom

Oui, oui, je comprends, je comprends toujours tout, moi, depuis que je suis née, je comprends, je comprends tout absolument, je ne dirai rien à personne ; et de toute façon on s'en fiche que je comprenne ou pas. Je veux juste partir, on étouffe ici.

Post-parkinsom

Me voici à nouveau jetée sur le trottoir, ébahie, à jamais incrédule. Devant moi, le pont Mirabeau où coule la Seine. Au milieu de ma traversée, je m'arrête ; dans le ciel, les mouettes crient en groupes virevoltants. Je voudrais être avec elles, là-haut, voler comme un grand oiseau blanc qui ne connaît pas les maladies des humains. Combien d'entre elles partiront vers le sud ? À Paris, les hivers sont de plus en plus doux et les oiseaux migrateurs s'y installent à l'année. Je me penche vers le fleuve, les eaux tourbillonnent autour des arches d'acier ; à la surface, des bourrasques apportent des embruns jusqu'à moi, mon exaltation se nourrit de ce spectacle d'eau, de fer et de vent, je me penche encore. Je prends le risque.

Quel risque ? Celui de révéler ma maladie ? Le risque n'est pas grand et je sais déjà qu'on me reprochera d'étaler ma vie privée dans un livre. Eh oui, une fois de plus, je serai « la matière de mon livre », une matière abîmée par la maladie, mais aussi, ô paradoxe, enrichie par Parkinzone.

Je voudrais que l'écriture, le fait d'écrire ce qui m'arrive me construise face à cette nouvelle aventure, et construise aussi ceux qui sont victimes de ce handicap et qui auront eu l'envie de me lire. J'attends de ce mal tout en KKKKK une manière de mieux me connaître, de mieux appréhender le monde qui m'entoure et les nouveaux maux qui l'accompagnent.

Alors, quel risque ? Tomber ? Me jeter à l'eau ? Oser ? Oser quoi ? Ai-je jamais pris aucun risque ? Et pourquoi, aujourd'hui, après l'annonce du diagnostic, si évident et si inattendu, ce sentiment de gloire, de toute-puissance que le spectacle des tourbillons renforce, anime ? Ai-je jamais osé ? Jamais fait preuve d'audace ? Passer à l'antenne ne m'a jamais effrayée, mais était-ce vraiment de l'audace ou bien ce goût bizarre de me montrer… « De l'audace, toujours de l'audace », disait Danton. D'accord. Tenter le pari, y aller, courageusement, y aller pour une fois ! Pourquoi ? Oublier la peur ? Et pourquoi pas ? À qui dois-je prouver mon courage, ma lucidité ? J'écris pour moi, et pour vous qui me lirez : malades, parents, proches, enfants, amis, amoureux, je prends le risque de vous faire partager ce qui est resté caché jusqu'à ce jour. Je veux vous dire que vous n'êtes pas tout seuls, nous sommes des milliers à vivrrre* ces maladies chroniques, ce que les autres, les bien-portants, ne peuvent pas toujours comprendre. Notre maladie est invisible durant les premières années. Et après ? Qui le sait ?

Les rafales de vent m'aspirent, m'attirent, m'engloutissent, je me penche, le sang monte à ma tête. Pas prête à mourir, non, prête à vivre plutôt ; fort, intensément ; manger la vie.

« Sous le pont Mirabeau… » la voix caverneuse d'Apollinaire semble vibrer de joie, de gaieté, de désir, dans l'enchevêtrement des poutres de fonte, de bronze, d'acier, comme je l'ai entendue au musée de l'Orangerie il y a huit jours à peine ; on se place sous une douche de lumière, et la voix d'Apollinaire chantant le pont Mirabeau résonne, s'impose, m'enveloppant toute. J'étais seule dans mon cercle de lumière, seule en tête à tête avec la voix lointaine et si présente pourtant. Vive. Vivante.

Je sens la joie m'envahir lentement en écrivant ces premières lignes.

Je deviens un être nouveau. L'armure de bonne éducation, qui me tenait recroquevillée sur moi-même, a disparu dans les remous du fleuve.

Les larmes tout d'un coup jaillissent et coulent sur mon visage ; non, ce ne sont pas les embruns. Je suis en larmes, larmes de joie, larmes de liberté.

Adieu mon corps, va vivre ta vie ! Nous existons l'un sans l'autre, laisse-moi.

Ce 10 octobre où j'apprends que je souffre de la maladie de Parkinneson, je suis soulagée, libre, enfin ! Libre de quoi ? Soulagée de quoi ? Je ne sais pas, je jouis juste de ce moment. Je pressens qu'il ne durera pas. J'écoute les tourbillons de l'eau. Cette maladie me met à ma place, à ma juste place ; même avec des tremblements, je suis aujourd'hui dans le bon équilibre. J'essaierai de ne jamais le perdre. Le corps se débrouillera.

Je suis tel Turenne : « Tu trembles carcasse ! Mais tu tremblerais plus encore si tu savais où je te mène ! » Voilà le vrai courage. À moi d'en être digne.

J'ai la maladie de Perkinson, non, de Ptratixon, non, de Perdicson, non je n'arrive pas à le dire, je bute sur ce mot comme je bute sur ma vie. La joie s'étiole, reste la question : pourquoi moi ? Pourquoi cette maladie qui vient de moi ? Qui naît en moi ? Je ne sais plus.

Diagnostic

Allons à la Salpêtrière, peut-être aurai-je un début de réponse. T. m'accompagne.

Nous avons rendez-vous avec la professeure V.

Parcours du combattant pour arriver jusqu'à elle : nous avons franchi des couloirs, des passages, des salles, suivi les flèches rouges, bleues, orange, pris un ascenseur jusqu'au deuxième et puis un autre jusqu'au quatrième, et enfin sommes arrivés au bout d'un long couloir devant une porte discrète. Quelques personnes sont assises sur des chaises depuis des heures on dirait, sans rien attendre, ni personne, le regard vide, lamelles*. On nous fait entrer dans un petit bureau vide de tout papier, de toute présence. Nous demeurons un long moment dans cette minuscule pièce surchauffée, on a attendu, sans se parler, sans bouger, on est là pour un verdict, on n'est pas pressé de l'apprendre. Et puis on a entendu claquer des talons dans le couloir. On a compris que c'était elle. On s'est levé avant même que la porte s'ouvre. Elle est entrée et son sourire a effacé toute crainte.

Elle s'est montrée chaleureuse, élégante, curieuse de ce que je pouvais lui dire. Son diagnostic a été le même que celui de mon neurologue qu'elle connaît bien et en qui elle a toute confiance, dit-elle. L'impression grandit en moi que tout ça ne me regarde pas vraiment. Mon corps, seul, est concerné. Cette sensation de partage entre mon corps et moi revient de plus en plus souvent. Cette distance va devenir irréductible.

Ce matin-là, face à elle, ma main n'a pas tremblé, tout a été simple.

Aux lecteurs

Le retour a été plus difficile pour T. et moi. Nous étions deux oisillons fébriles et perdus. Mais à présent que ma confession m'engage auprès de vous, je dois trouver les mots pour parvenir jusqu'à vous, jusqu'à toi, lecteur : les trouver d'abord, les choisir, les écrire. Mais ce soir mes doigts tremblent sur le clavier, et ce n'est pas de froid ; j'écris mes lettres en les doublant parce que j'appuie trop longtemps sur la touche, je suis à peine lisible, même avec l'ordinateur.

Surtout ne pas lever les yeux de l'écran ! Je risque à tout moment de perdre ce que je veux transmettre à toi qui me lis. Dès que je lève la tête, mes pensées se dispersent, elles ne restent ni sous mes doigts ni sous mon crâne, je n'ai plus aucune concentration. J'ai beaucoup de mal à écrire les mots, à décrire cette scène de l'hôpital. Je m'y efforce d'autant plus que je voudrais que vous, qui êtes victime de cette maladie, vous reconnaissiez dans ces lignes ce que vous éprouvez vous-même, je n'oublie pas que j'écris pour vous.

Mais sans doute vivez-vous différemment de moi votre Parkinson. Chaque Parquinson est unique. Et pourquoi suis-je passée du « tu » au « vous » ?

J'aurais voulu rendre la scène de l'hôpital plus légère sans le silence lourd de l'attente. Et me voilà dans l'incapacité de trouver les lettres, les phrases pour faire de ce médecin un portrait doux, aimable, chaleureux. Chez moi, face à la fenêtre, ce sera plus facile.

Par instants, je bondis hors de mon bureau, comme le foaant* les mourants hors de leur lit, eux avec les dernières forces du désespoir, moi avec l'illusion d'échapper à ce livre, tant je peine à l'écrire. Serai-je guérie quand il sera terminé ? Évidemment non. Même, ma situation aura empiré, les médecins le savent, moi aussi, mais à quel rythme ? Et comment ? Ils n'ont pas la réponse. Personne n'a la réponse. Parquinssonne est une maladie chronique qui ne se guérit pas mais qui est évolutive ; cela veut dire que la situation va de mal en pis, mais sans tuer ; pas de mortalité, mais pas de guérison non plus : ne pas l'oublier. Enfin, si le mot « oublier » a encore un sens pour moi à ce moment-là de la maladie.

Combien de fois devrai-je l'écrire pour m'en persuader ?

Bien qu'elle n'en ait rien laissé paraître, je vois bien que la professeure trouve mon cas, à ce stade, plutôt dérisoire.

Quand elle établit le diagnostic sans aucune hésitation, et confirme celui de mon neurologue, sa première remarque est la même que celle de mon neurologue : « N'en parlez à personne. »

Ma maladie est légère, invisible, il faut qu'elle le demeure, au moins tant que je travaille.

Peut-être a-t-elle rencontré des patients qui, dans un premier temps, aiment clamer leur malheur dans une posture héroïque et bête, comme moi sur mon pont Mirabeau. Une façon d'exiger de l'amour et d'échapper au frôlement redoutable de la mort. Mais j'agis comme elle me l'a demandé : personne n'est au courant, sauf mon époux.

Pour donner du poids à son conseil, elle cite l'exemple d'un pilote de ligne qui, comme moi, est soigné pour un début de Parekinsson. Dans son métier, on confie donc à cet homme la vie de plusieurs centaines de voyageurs. Sa maladie étant à ce stade aussi insignifiante que la mienne, il continue de voler en toute sécurité pour lui et ses passagers. (Cet exemple peut-il guérir ma peur en avion ? Ce serait toujours ça.)

Surtout, elle insiste, il ne faut pas que j'arrête de travailler, bien au contraire, je dois cultiver toutes mes activités, qu'elles soient physiques ou mentales. Allez ! Hop ! Allez-y ! Elle m'a prise par les épaules comme si elle voulait me faire partager son goût pour le sport, toutes affaires cédantes* dans le minuscule bureau. T. sourit. Il connaît mon manque d'appétence pour tous ces mouvements un peu ridicules. Pas si vite, chère docteure ! Elle me secoue presque. Pas si fort !

Je suis sortie de cette visite à la fois rassurée et déroutée. Je ne vais plus pouvoir jouer à la malade dont tout le monde prend soin. Je suis atteinte d'une maladie assez grave pour que je m'astreigne tous les jours à bouger mon corps et ma tête au moins vingt minutes par jour ! dit-elle, mais suffisamment bédouin* pour que je tienne ma place dans le monde des valides sans embêter ni avertir personne. Elle n'a pas employé ces mots, mais c'est ce que j'ai compris. Et j'ai pensé qu'elle avait sûrement en charge des gens atteints d'affections bien plus épouvantables que la mienne, comme la maladie de Charcot, que seul un Frédéric Bradé pouvait tenir à distance par la grâce de son intelligence et son amour de la littérature dans son livre magnifique *La Grande Santé* paru en 2015 au Seuil.

Et son livre se termine de façon étrange : « Je reste là, immobile, et j'attends d'être guéri pour que ma vie reprenne un cours normal. » Or la maladie de Frédéric B. interdit toute possibilité de guérison, son mal est une affection chronique comme Parkinsson, mais la très grande différence, c'est que Parkinzzon n'est pas une maladie mortelle. Donc, au moment où il écrit cette phrase, il sait que c'est faux, qu'il ne retrouvera jalon* « cours normal » de sa vie. Mais on ne peut pas accepter ça, que ça ne s'arrête pas. La vie ? Non, la maladie. Je ne peux pas m'empêcher de croire malgré moi que, ce livre terminé, je passerai à autre chose et que le volet « maladie » se refermera définitivement. Eh bien non ! Il ne se refermera pas, jamais. Et voilà l'intorable*, l'insupportable.

Maman

J'ai déjà vécu cet abominable sentiment d'impuissance avec la mort de ma mère. Elle est morte de la maladie d'Alzheimer sans avoir retrouvé sa conscience, sans reconnaître ceux qu'elle aimait, son mari, ses enfants. Elle non plus n'est pas passée à autre chose : la maladie l'a poursuivie jusqu'au bout sans aucune rémission possible. Inexorable. J'avais admis sa maladie, ces mots et ces regards étranges qu'elle posait sur nous ; je supportais toute cette bizarrerie parce qu'au fond de moi persistait cette croyance indéfectible que nous nous retrouverions, elle et moi, avant sa disparition, ne serait-ce que pour nous dire au revoir. Cette croyance était fausse, je le savais bien, mais je ne pouvais pas m'en défaire. C'est pourquoi sa mort, bien que paisible, m'apparut insurmontable, et le chagrin incommensurable : elle n'avait pas été présente à notre ultime rendez-vous. Elle était partie sans me dire adieu.

Trembler

La plupart de mes amis crurent que sa disparition m'apporterait un peu de soulagement. Ce fut exactement le contraire : ma détresse fut totale. Je venais de comprendre que je l'avais perdue pour toujours.

Météo

À mon départ de TF1, j'ai compris en recevant tout le courrier des téléspectateurs que cet instant, si énorme pour moi, avait aussi beaucoup compté pour eux.

Et j'ai parlé de l'oubli bien sûr puisque, décidément, l'oubli est le thème principal de ce livre et de son opposé : la mémoire. Donc, ce jour-là, après l'enregistrement de la météo, j'ai dit quelques mots d'adieu à destination de ceux qui me suivaient depuis tant d'années avec une belle fidélité, de ceux avec lesquels j'avais travaillé si longtemps, et j'insistai sur le fait que je ne les oublierai pas. Je n'avais pas du tout préparé ces quelques phrases sur la mémoire mais là, tout d'un coup, j'ai compris que tel serait, au-delà de l'envahissement de Parkinzonne, le thème de ce livre : la mémoire et l'oubli.

Maintenant que je sais que j'ai la maladie de Parkinson, je sais aussi qu'on observe les premiers symptômes bien après ses débuts. Nous sommes à l'automne 2014 et je travaille toujours à la météo. Je ne m'inquiète pas, à cette époque, des effets de Parkinzoon sur mon travail, pour moi, il n'y en a pas, et j'ai si bien retenu le discours des soignants que je ne me pose même pas la question de savoir s'il y a une relation, une interaction entre mon travail à la télé et ma maladie. Je me rappelle surtout l'exemple que m'a donné la professeure : parmi ses patients, se trouve ce pilote, qui continue ses activités professionnelles malgré Parkinsonne.

Il n'empêche. En y repensant aujourd'hui et maintenant que j'ai quitté TF1, je me demande si Parquinson ne s'est pas glissé dans mon crâne entre deux météos, sans que je m'en doute et avant tout diagnostic. Pendant tous ces mois, j'ai continué à présenter la météo, et je n'ai eu qu'un seul but : faire un bon bulletin et pour cela me concentrer au maximum comme je l'ai toujours fait depuis presque trente ans.

Un bon bulletin, c'est un bulletin où je donne des prévisions météorologiques établies par des ingénieurs météo, que je présente au public de manière claire et si possible simple sans trahir les prévisionnistes et leur souci de la précision, quand bien même la météo n'est pas une science exacte (et ne le sera pas avant longtemps). L'autre condition d'un bon bulletin est de capter l'attention du téléspectateur de telle sorte qu'il n'aura pas envie d'aller voir ce qui se passe sur les autres chaînes.

Pour cela, comme au théâtre, le costume est essentiel, et là, tous les goûts étant dans la nature, ce qui plaît aux uns peut déplaire aux autres, d'où l'importance de la robe, sa couleur ou sa coupe, etc. De manière générale, je peux affirmer après tant d'années de météo que la téléspectatrice et le téléspectateur préfèrent, jeunes comme vieux, que les présentatrices portent plutôt des robes, pas trop courtes, près du corps, un peu moulantes, mais pas trop ! Autant le dire : la liberté des femmes ne se manifeste pas encore dans les vêtements à la télé…

Ce qui m'a toujours préoccupée pendant toutes ces années, c'est d'apparaître en bonne forme, joyeuse, gaie, précise. Et je crois que ces adjectifs correspondent bien à ce que le public attend de nous… Je n'oublie pas les « présentateurs » ! Je précise que la météo a gagné ses lettres de noblesse quand des hommes sérieux et cultivés sont devenus présentateurs. À méditer, non ? (Je pense à Alain Gillot-Pétré bien sûr, mais aussi à Michel Cardoze ou à François Fandeux). Depuis, le nombre d'hommes et de femmes s'équilibre dans le cerveau* de la météo.

Voilà, ça va être à moi. Dans mon bureau, je repasse dans ma tête le script que je prépare pour que mon bulletin s'articule bien, je revois toutes les cartes que je veux montrer. Aucun papier, aucun texte par cœur, tout à l'heure j'étalerai les feuillets devant moi, sous la caméra, rituel inutile (mes fiches sont trop loin de moi pour que je puisse les lire) et pourtant indispensable. Tout est réglé, le réalisateur va donner le top départ, je suis extrêmement tendue, aux aguets, comme un coureur qui se bat pour une médaille d'or. Un dernier coup d'œil au miroir : il faut que mon texte, ma tenue soient impeccables ; tout va bien, la robe est bien à ma taille sous toutes les coutures, face, côté, dos.

Et pourquoi ce jour-là cette confusion soudaine dans ma tête ? J'ai quitté mon bureau, mais pour aller où ? Je ne suis pas sûre d'être là où je devrais être… Pourquoi suis-je devant l'ascenseur ? Où dois-je me rendre ? À quel étage ? Où suis-je ?

Cette volée de questions traverse ma tête en quelques secondes et disparaît aussitôt : je sais, je marche vers le studio 1, je vais enregistrer ma météo, tout va bien, le bulletin n'est pas en direct, tant mieux. J'essaie de contrôler ma respiration. Je repousse les portes battantes, je longe les couloirs, je repense au déroulement de mon bulletin, à quel moment je peux aller plus vite, plus lentement, si je peux me permettre un sourire, un clin d'œil.

La coiffure est parfaite grâce à Xavier (ce petit bout de phrase pour qu'il reste présent dans ma mémoire, Xavier était un bel artiste, un coiffeur d'exception).

Plusieurs millions de gens vont me regarder, je ne peux pas les décevoir, je reste concentrée sur mon bulletin. Arrivé en régie, le chef de chaîne me confirme le temps imparti pour la météo, souvent entre trois et quatre minutes. C'est long quatre minutes... Et si le grand vide que j'ai ressenti tout à l'heure devant l'ascenseur se reproduisait en plein bulletin, à l'antenne ? Tout d'un coup le trac me broie, un trac abominable, féroce.

Je repense à ce mot d'esprit qu'on attribue à la grande comédienne Sarah Bernhardt qui avait demandé à une apprentie comédienne si elle avait le trac, et à qui la jeune écervelée avait répondu d'un air triomphant : Madame, Madame, ça y est, je n'ai jamais le trac !

Et la grande actrice de répondre : « Ne vous inquiétez pas mon enfant, il vient avec le talent. »

Eh bien, là, je dois avoir ce soir un talent fou !

On m'installe un micro, on règle le fond bleu sur lequel vont s'encastrer* les images fabriquées par la merveilleuse équipe des graphistes. À présent, tout est en place, le chef de plateau tient le chronomètre. On peut y aller !

Compte à rebours ! Générique ! C'est parti ! Je me fais l'effet d'être dans un avion quand il met les gaz et s'envole. Où est le pilote ?

Je frappe les mains l'une contre l'autre pour plus de concentration. Par un système de miroirs, je peux voir les cartes qui s'affichent derrière moi. Les mêmes que celles que les téléspectateurs voient à l'écran.

Au début, tout se passe bien, j'enchaîne les cartes qu'on m'envoie depuis la régie. Et puis, tout d'un coup, en montrant les nuages qui arrivent de l'Atlantique, j'ai un trou. Je ne sais plus où j'en suis, je ne reconnais pas mes cartes. Est-ce moi qui me suis trompée ? Que se passe-t-il ? Où suis-je ? Je plie mon corps en deux, j'ai honte, je voudrais disparaître. Comment ai-je pu oublier d'un coup tout ce que j'ai élaboré depuis ce matin avec mes équipes ? Je deviens folle.

Heureusement, nous ne sommes pas en direct. Je suis persuadée d'ailleurs qu'un tel désastre n'aurait pu se produire en direct. Paradoxalement, je crains moins les bulletins en direct que ceux enregistrés où l'on essaie d'être parfait. Il y a une sorte de prise de risque dans le direct, qu'on n'éprouve pas dans l'enregistré. Et cette prise de risque, c'est comme un vertige, un vertige dont on ne peut se passer et qui vous protège. Le direct, c'est de la drogue : on est plein d'énergie, on a peur et en même temps on l'attend avec ferveur. Et tous les soirs, le pari est le même.

Les souvenirs reviennent plus nombreux en cette fin d'année 2014. Je me rappelle ma fatigue plus grande de jour en jour, l'anxiété de ne pas être parfaite dans mes bulletins. Quand le diagnostic tomba, je décidai de m'arrêter. J'hésitais bien sûr, les médecins qui m'entourent insistaient tant pour que je vive comme avant, sans cesser de travailler, sans en parler à mes proches. Et voilà que je voulais partir, renoncer à la météo ? Je suis convaincue que cette gymnastique cérébrale à laquelle oblige le métier ne peut être que bénéfique pour lutter contre Parquinneson, je comprenais bien l'intérêt de continuer. Tout l'enjeu. S'arrêter voulait dire renoncer, abandonner, disparaître. La maladie est une bataille, et grâce à mes présentations je pouvais la gagner. J'en suis toujours persuadée... Je suis partie quand même. Quoi que j'en pense, il était temps.

Mon corps et moi

En sortant de la Salpêtrière je suis convaincue d'une seule chose : laisser mon corps se débrouiller tout seul. Mon corps a ses problèmes, j'ai les miens. Pas question de les mélanger : à lui la souffrance, les trébuchements, les crampes, les vertiges, les paniques. À moi, la recherche infinie de tous ceux qui, par la pratique de leur art, ont atteint une puissance qui les a rendus plus forts que la maladie. À moi la découverte du Japon, du Brésil, l'attente impatiente de mes petits-enfants et plein de choses encore que je me plais à imaginer ; à lui les signaux morbides, les douleurs inattendues, la déprime. À moi les petits bonheurs, à lui les malaises inattendus. Je suis plus heureuse aujourd'hui qu'alors, quand j'étais valide et fatiguée. Et dans ce nouveau monde qui est celui de la maladie, je découvre des moments de tendresse sensuelle chez ceux qui m'entourent, des moments où le cours des jours se suspend, s'arrête et témoigne de l'éternité de l'amour loin des grimaces de

Prakinzon. Nous partageons ce secret, mon corps et moi, sans nous l'avouer, dans le silence.

Cher lecteur, chère lectrice, tu ne t'étonneras pas que je construise dans cette distance entre Parki et moi la suite de ce livre. Je vise à traquer Parki partout où il se trouve, sans jamais renoncer à écrire ce qu'il m'arrive. On verra donc comment chaque partie de mon corps, est affectée par ce satané Parkenzone et la manière dont je peux ainsi le circonscrire, l'étouffer ou l'éloigner de moi.

Voici la liste :

doigts
main droite, main gauche
pied
cuisse
tête
le corps de Montaigne
sexe
fesses
visage
Venise
genoux
seins
bouche
œil
goût

toucher
voix
crâne
cerveau
hallucinations
squelette
dents
colonne vertébrale
dos

Cette liste en apparence désordonnée vous intrigue ? Allez-y voir, mes amis, peut-être poserez-vous un autre regard sur le corps, le vôtre, le mien.

Doigts

Forcément, c'est sur eux que je souhaite écrire d'abord. Sans doute parce qu'ils ont été les premiers symptômes, les avant-courriers de mon mal. Au début de cette maladie, pour cacher mes premiers tremblements, je gardais la main dans ma poche, avec l'impression de tenir au chaud dans ma paume une sorte de petit oiseau tombé du nid. Et puis l'oisillon est devenu rapace et, aujourd'hui, ma main se tord légèrement, les doigts se retirent sur la paume, à l'intérieur de la main. J'ai désormais pris l'habitude de tenir ma main droite (la plus fébrile, la plus active) avec ma main gauche de telle sorte qu'on ne remarque ni la position bizarre de la main ni ses tremblements. Il y a trois ou quatre ans, mon écriture (quand je m'appliquais) était plutôt lisible, ronde, agréable à l'œil, enfin je crois. Et puis peu à peu, les lignes ont commencé à se tordre, les phrases partaient vers le haut ou le bas de la feuille. Oui, l'ordinateur m'a sauvé la mise plusieurs fois.

Sauf à Noël, en 2010. Comme chaque année, je répondais autant que je pouvais aux très jolies cartes qu'on m'envoyait. Cette année-là, j'ai pris conscience que ma main, mes doigts ne m'obéissaient pas. Je me suis rendu compte que mon écriture était devenue presque indéchiffrable. Je regardais mes doigts, tachés d'encre bleue ; ils se crispaient, se tendaient, se tordaient ; les pauvres mots qu'ils tentaient d'écrire se traduisaient par ces petits tas bleus, ces griffures illisibles. Je mis ces pattes de mouche sur le compte de la fatigue. Noël passa, j'oubliais mon écriture. Mon ordinateur me protégeait.

Mais, à chaque Noël, ça recommence. Je ne crois pas que ça aille de mal en pis, mais ça ne me quitte pas. Je n'écris plus à la main, mes doigts resteront tordus chaque fois que je voudrai écrire, même avec toute la concentration possible… Tant pis. Cher lecteur, attends-moi s'il te plaît, je reprends des forces et je reviens vers toi dans un moment de répit, il y en a. Là, à l'instant, mes doigts, mes poignets me trahissent alors que je m'obstine à écrire sur mon clavier avec tant de peine. Les phrases deviennent des labyrinthes sans issue et se perdent en route. En route vers quoi ? Où dois-je aller ?

Souvent, à cause de mes doigts tremblotants, hésitants, sans que je puisse appréhender ce qui provoque ce changement brutal, je ne comprends pas ce que j'ai voulu écrire. Je suis à bout. La clarté de mon propos a disparu, la figure d'Apollinaire aussi.

Écrire est aujourd'hui au-dessus de mes forces. Je suis seule avec ma maladie cachée. Mes doigts tremblent si fort que je dois les retenir ; je fixe ma main d'un air sévère mais rien n'y fait, elle ne m'appartient plus. Cette nouvelle étape dans l'éloignement entre elle et moi est la seule défense que j'ai pu élaborer pour ne pas dépendre de mon corps malade.

Je ne peux plus écrire, en tout cas pas avec la main ; mais avec les deux sur le clavier de l'ordinateur, c'est possible. Et les journées défilent sans stylo, sans papiers, tout est sur l'écran ; je garde les yeux fixés sur le clavier, les mots m'emportent plus vite que ma pensée, je dois aller vite, ils me perdent et s'alignent peu à peu sans rien signifier d'autre qu'eux-mêmes.

Une journée sans écriture et du coup sans lecture est-elle une journée perdue ? J'enrage de trembler sur mon clavier ; je sais que d'autres, réduits à néant par leur maladie, ont réussi à dicter un livre, mais je n'en suis pas là, je n'en serai sans doute jamais là. Je pourrai toujours écrire et dicter, je ne donnerai pas l'impression de mourir peu à peu. Je ne veux pas. Cette maladie n'est pas mortelle, m'a répété la professeure neurologue.

Jeux de mains

Quand je regarde le dos de ma main, j'ai l'impression de regarder celle d'une autre. Avec les années elle est devenue différente : les veines ont gonflé et la marquent de symboles noirs et gris. Les taches dites « fleurs de cimetière » s'étalent de jour en jour imperceptiblement. Le poignet est devenu plus mince, plus étroit, j'ai toujours peur qu'il se casse. La peau a pris une vilaine couleur jaunâtre, on dirait des pattes de poulet. Hier, quand j'ai voulu arracher une mauvaise herbe à la bordure du jardin avec la main gauche, je n'ai pas pu plier le majeur, il était rouge et gonflé ; j'ai cru que j'avais été piquée par un insecte, mais ce n'était pas un insecte et ça ne me faisait même pas mal. Tous ces petits moments troublants, ces sensations furtives et désagréables, à peine perçues, évanouies dans la fin du jour, c'est la vieillesse ? Ou la maladie de Parquinnesson qui peu à peu détruit mon corps et s'attaque à mon âme ? Je résiste. Je suis devenue à la fois plus sensible à toutes ces misères et en même temps indifférente à mon destin : « moi je » ne compte plus. J'arrive à ce moment de ma vie où la femme vieillissante retrouve dans le monde qui l'entoure les mêmes écueils qu'un tout-petit. Le tout-petit grandit et finit par les maîtriser, la femme âgée dépérit, se flétrit et s'amenuise au fil des semaines et des mois ; c'est ainsi qu'on apprend à mourir.

Que ces lignes ne t'étreignent pas, cher lecteur, chère lectrice, évoquer la mort n'est ni un danger, ni une faute, mais l'apprentissage de la sagesse. Montaigne, qui l'avait appris des Épicuriens, l'écrit dans ses *Essais*.

Le corps de Montaigne

Les écrits de Montaigne ne m'ont pas quittée depuis le début de ce projet de livre. Pourquoi Montaigne ? Pour se changer les idées, pour respirer, pour apprendre ce que je ne savais pas de lui, ou, le sachant, que j'avais oublié. Montaigne est un solitaire, souvent mélancolique, obsédé par la mort, il est aussi et surtout un auteur d'exception plein d'ironie et de gaieté. Le lire, c'est devenir un peu plus intelligent, le relire, c'est découvrir dans les *Essais* ce qu'on n'avait pas su y voir la première fois.

Cher lecteur, pas d'impatience ; je n'oublie pas le but de mon récit, mais je ne peux pas aller plus vite, surtout avec cette maladie qui ralentit le cerveau autant que la marche à pied. Écrire sur lui m'éloigne de mon propos, qui est de faire le récit de ma maladie, mais en même temps me rapproche de lui, au-delà des siècles et des personnes, puisque lui aussi est victime d'une maladie chronique : lui aussi est frôlé par la mort, lui non plus ne s'y résigne pas.

Je ne suis pas à la hauteur de son génie mais sa maladie me rapproche de lui. Quelle position adopter ? Montaigne répond : partir en voyage. Il faut dire qu'en ces temps anciens on ne sait pas soigner les gens, encore moins les guérir. Montaigne tente le seul espoir possible : partir en cure. Des cures qui l'entraînent depuis les Pyrénées jusqu'en Suisse, en Allemagne, puis en Italie. À ses amis qui s'inquiètent d'un voyage et de ses dangers, il répond : « Je sais bien ce que je fuis, mais non pas ce que je cherche. » Sans doute fuit-il la guerre et ses dangers ; ce qu'il cherche ? Des cures efficaces pour lutter contre sa « gravelle ».

La ressemblance entre ces deux maladies, c'est la durée de la souffrance qu'elle engendre. On ne meurt pas, on souffre. Seule la mort pourra les délivrer l'un et l'autre.

Afin de bâtir mon récit, j'ai voulu aller chez lui. Je n'étais pas certaine que les traces matérielles de sa vie puissent m'aider, je n'étais pas sûre du contraire non plus. Je suis donc allée à Montaigne avec T.

Avant d'être le château du philosophe, Montaigne est un petit village enfoui dans la campagne périgourdine. On s'est perdus dans les petites routes, on a tourné en rond, on s'est disputés, on s'est réconciliés, on s'est arrêtés, on est repartis.

Il faisait soleil, on était amoureux.

Dans les villages que nous avons traversés, le nom de Montaigne s'est perdu au fil des siècles. Les différents piétons auxquels nous avons demandé notre chemin ne connaissaient pas ce nom de « Montaigne », sauf quand il portait celui de la rue principale du gros bourg que nous traversions. Oui, c'est difficile à croire mais c'est la vérité pourtant : à quelques kilomètres de distance, le nom de Montaigne a disparu des mémoires périgourdines (pas de toutes sans doute). « Ah oui ! Montaigne, je ne connais pas, mais il y a une rue Michel-de-Montaigne, c'est la rue principale, ils vous diront là-bas. » Qui étaient ces « ils » ? Les mânes de Montaigne ? Peut-être, je les sens trembler quand j'écris Montaigne. Pour moi aussi surgit soudain une image différente de celle du philosophe, non pas celle de la rue d'un village mais du lycée où j'ai fait mes études à Bordeaux.

Enfin nous avons trouvé. J'étais donc déjà venue il y a très longtemps avec le lycée justement. Je constate que ma mémoire a bien tordu mes souvenirs, beaucoup de choses sont différentes de ce que je croyais.

Je ne me souvenais pas que le vilain château construit par Viollet-le-Duc était collé à la tour de Montaigne, ni que le parc était si grand. La tour est toujours là, bien plantée, massive, le chemin de ronde existe encore, vestige du Moyen Âge. Nous pénétrons dans une petite pièce où s'achètent les billets pour la visite de la « librairie » – c'est ainsi que Montaigne nomme sa bibliothèque. Outre les tickets, on trouve là un bric-à-brac d'objets souvenirs, témoins de la vie supposée de Montaigne, fabriqués en Chine ou en Thaïlande ; mais aussi les *Essais* traduits en plusieurs langues, des biographies ; et puis des assiettes, des cartes postales, des porte-clés... Et même du vin « Château Montaigne ». Un petit verre pour l'apprécier et hop ! Me voici déjà un peu trop gaie ; pendant un court instant d'ivresse, je me prends pour une amie de Montaigne. Amies du philosophe, elles doivent l'être, ces jeunes femmes qui vendent ces menus objets et commentent la visite à longueur de journées avec un bel enthousiasme. Il suffit de suivre l'étincelante chevelure de l'une, les jambes parfaites de l'autre. Nous voici tous trottinant derrière elles. Premier arrêt devant la grande entrée de la tour où l'on apprend que Montaigne a su parfois se conduire en homme habile et héroïque : alors qu'il apprend que des hommes en armes s'approchent de son château pour le détruire ainsi que ses habitants (c'est l'époque des guerres de Religion), il fait ouvrir en grand les battants de l'entrée et ordonne que l'on prépare une table digne d'un festin de roi. À leur arrivée, les assaillants se transforment en invités et le conflit est oublié. Légende ? peut-être, mais elle témoigne du talent de négociateur de l'immense Montaigne et de son courage.

L'une des jolies conférencières nous entraîne dans une pièce que je ne reconnais pas ; je découvre une sorte de cave ronde, sombre, frr-roide*, entourée de fresques sur les murs et de conduits qui font, paraît-il, monter les voix vers la librairie. Ainsi Montaigne pouvait suivre la messe sans bouger du haut de sa tour.

On continue à grimper par un escalier de pierre en colimaçon, les marches sont usées, dangereuses, j'ai hâte d'arriver tout en haut pour confronter cet endroit au souvenir que j'en garde.

M'y voici ! La grande pièce ronde ressemble à l'idée que j'en conservais, mais je croyais les ouvertures plus nombreuses et ressemblant plutôt à des meurtrières ; eh bien non, ce sont bien des fenêtres devant lesquelles on s'assoit sur un petit banc de pierre comme on les faisait à l'époque de Montaigne. De cette situation il observait l'arrivée de visiteurs qu'il choisissait de recevoir ou pas. Pas de cheminée dans la « librairie » pour ne pas risquer l'incendie au contact de ses livres si précieux puisque ce sont les siens qu'il garde, mais aussi ceux de La Boétie, son grand ami, dont la disparition est à l'origine de sa décision d'écrire les *Essais*.

Ce qui me frappe plus encore que lors de ma première visite, c'est l'humilité des maximes gravées sur les plafonds. Il est très souvent question de rester modeste et de ne pas tomber dans l'orgueil et la vanité. Voici deux exemples, traduit l'un du grec, l'autre du latin. (Montaigne parle couramment le latin, mais ses *Essais* ont été écrits en français, afin d'être accessibles au plus grand nombre.)

« La haute estime de soi, Dieu se la réserve jalousement » (Hérodote).

« Malheur à vous qui êtes sages à vos yeux ! » (Isaïe).

Attirée vers le sol après avoir lu ces maximes, je découvre des tomettes anciennes un peu défraîchies, carrées, plus petites que celles qu'on voit de nos jours. J'apprends qu'elles étaient déjà dans la « librairie » à l'époque de Montaigne. Ainsi donc je marche là où il a marché, je mets mes pas dans les siens… Je m'apprêtais à être très émue, ça ne marche pas ; la grandeur discrète de Montaigne s'accorde mal des situations pseudo-romanesques. Lui leur préfère la méditation, souvent autour de la mort, par exemple celle-ci :

« Nous ne savons pas où la mort peut nous attendre, attendons-la partout. La méditation préalable est aussi celle de la liberté. Celui qui a appris à mourir a désappris à être esclave. Le savoir mourir nous affranchit de toute sujétion et de toute contrainte. »

Je vais revenir à cette méditation magnifique. Lecteur feras-tu de même ? Quel courage de mêler liberté et mort !

Tout près de l'escalier une minuscule porte s'ouvre sur une pièce de repos, petite et chauffée par une grande cheminée. Il faut se baisser pour y avoir accès. Montaigne était-il donc si petit pour ne pas risquer de s'y cogner ? Oui, sans doute ; il écrit qu'il souffre de sa petite taille parce qu'il passe inaperçu au point qu'on le confond souvent avec les valets.

C'est là, sur les murs, qu'il écrit cette ode à la dernière partie de sa vie comme « une nouvelle naissance[1] ».

« [...] Il écrit à la troisième personne :

"Michel de Montaigne a consacré ce domicile, doux refuge qu'il tient de ses pères, à sa liberté, à sa tranquillité et à son loisir."

Liberté, tranquillité, loisir : tel est le chemin que vont tracer les vingt années à venir. »

Voilà pourquoi je me suis rapprochée de lui dès que j'ai décidé de faire ce livre. Parce qu'il écrit ce que sont nos faiblesses et nos souffrances. Et parce que, à travers les épreuves (à son époque où l'on ne sait ni soigner, ni apaiser la douleur), la lecture actuelle de Montaigne protège la santé mentale face aux symptômes de Parkinson.

Lisez ce passage tiré des *Essais*, livre III chapitre II.

« C'est une puissante maladie et qui s'insinue naturellement et imperceptiblement en nous. Il faut alors faire de constants efforts et prendre de grandes précautions pour éviter les imperfections

1. Arlette Jouanna, *Montaigne*, Gallimard, 2017.

dont elle nous accable ou au moins affaiblit leurs progrès. Je sens que malgré tous les retranchements que j'édifie, elle gagne peu à peu sur moi. Je résiste tant que je peux. En tout cas, je suis heureux que l'on sache d'où je serai tombé. »

Et quelle est cette « puissante maladie ? » Sûrement pas Parkinson qui n'a été découverte que quelques siècles plus tard. Non. La maladie qu'il décrit si précisément, c'est la vieillesse. Ne reconnaissez-vous pas les symptômes ? Oui, la vieillesse et la maladie de Parkinson ont souvent les mêmes. Mais ce qui les différencie absolument, c'est que la vieillesse n'est pas une maladie. La mort non plus. Parkinson si.

Pas très optimiste, Montaigne, dans cette fin de chapitre, mais quand même, l'un des derniers mots qu'il emploie est « heureux ». Quelque chose en lui est heureux. Quant à la douleur, il tente d'y échapper en la mettant à distance grâce à l'écriture : il est le plus précis possible sans craindre de provoquer du dégoût dans la description des « pierres » qu'il a tant de mal à expulser.

Pour oublier ses souffrances, outre la lecture des *Essais*, on devrait, à son exemple, partir à la découverte du monde ; pas forcément celui des guerres qui ravagent son territoire à son époque, mais celui des beautés et des merveilles des pays traversés.

Le corps de Montaigne

J'ai acheté les *Essais* en français moderne, et j'ai lu ou relu, selon les passages, tout ce que j'ai pu trouver sur les maladies chroniques, puisque c'est ce dont nous souffrons, lui et moi. Moi d'une maladie du cerveau, lui d'une maladie des reins.

Je n'avais pas prévu qu'à la lecture de son œuvre j'allais être prise au piège de son écriture et de sa pensée magnifiques, facilitées par la « traduction » en français moderne d'André Lanly (Gallimard).

Les mots de Montaigne racontent la chair, ses blessures, ses douleurs, ses accalmies, ses déjections. Le corps, donc. Le sien, le mien. Eh bien, continuons. Retour au présent à bicyclette, façon Montand mais sans la musique.

Plan du livre / Plan du corps

Il faut bouger, m'a dit la professeure. Alors bougeons ! J'ai un vélo d'appartement. Il me sert de prétexte pour regarder la télé ; je zappe. Fascination de mon cerveau qui marche au larenti*, sidéré par l'image télévisuelle, bienfait pour mes cuisses qui de jour en jour se galbent et s'étirent. Que choisir ? Rien, il n'y a pas de choix, je dois faire marcher la tête et les jambes en même temps. Je somnole sur mes pédales. J'ai acheté aussi des bâtons pour des marches norvégiennes. Un peu moins virtuels que le vélo d'appartement. Très à la mode. Encore faut-il avoir assez d'espace pour les utiliser. Impossible, par exemple, de circuler dans le métro, mais formidables pour une balade au bord de la mer. Relégués dans un coin sombre de notre appartement parisien avec les balais, ils réveillent en moi la nostalgie des bords de mer où se cache notre petite maison.

Je continue à sonder l'architecture de mon corps, du squelette à « l'écorché » des cours de SVT. Il représente un être humain de petite taille, qu'on peut monter ou démonter pour faire comprendre aux élèves l'emplacement des diverses parties du corps humain suivant leur fonction et leur nécessité. L'attention aux différentes parties du corps (squelette, organes, muscles, tendons, nerfs, ligaments, moelle, ossature, crâne, poils, larmes, peau, ongles, lèvres… la liste n'est pas exhaustive) m'aide à construire ce livre et à faire fonctionner ma mémoire.

Mais même en me concentrant sur mon corps et en faisant fi de l'esprit, de l'âme – je ne sais comment dire –, je ne suis pas bien certaine de prendre en moi la mesure de ce qui m'arrive. Désormais, je suis dans le définitif : quand ce livre sera terminé, je le fermerai mais je ne pourrai pas passer à autre chose, je ne serai pas quitte pour autant. Parkingson sera toujours là, qu'elle que soit l'orthographe que je lui réserve. Et les médecins qui me soignent, aussi talentueux et disponibles soient-ils, retrouveront leurs joies, leurs soucis… mais pas moi.

Moi avec ma maladie chronique mais pas mortelle, je continuerai seule mon chemin, de plus en plus chaotique pour moi et pour ceux que j'aime, et rien ni personne ne pourra me tirer hors du destin solitaire où Prakisson m'aura jetée.

Cher lecteur, attends-moi s'il te plaît, je reprends des forces et je reviens vers toi dans un moment, mes doigts, mes poignets me trahissent mais je ne renonce pas ; je m'obstine à écrire, je peine sur mon clavier mais je continue. J'ai compris que notre force est là : nous sommes nombreux, très nombreux à subir cette maladie – surtout dans les sociétés occidentales –, et un jour c'est sûr on trouvera le moyen d'éradiquer ces fléaux neurologiques chroniques. Peut-être bientôt, peut-être dans longtemps, peu importe. Si la victoire de la médecine n'est pas pour nous, elle aidera nos enfants ou sauvera les enfants de nos enfants.

Et puis les phrases deviennent des labyrinthes sans issue, je tourne sur moi-même, tout devient flou et vertigineux, et les mots se perdent en route. En route vers quoi ? Où dois-je aller ?

Hallucinations

Ne pas les confondre avec des illusions. Dans le premier cas, on voit des choses qui n'existent pas. Dans le second, on transforme des éléments qui existent en personnages animés. Qui n'ont rien de rassurant, croyez-moi. Je sais de quoi je parle : je les ai fréquentés tous les jours voici quelques mois. Mon neurologue les détestait. Il a réussi à les chasser.

Squelette

Un tas d'os, voilà ce qui reste de nous après la mort. On en frissonne n'est-ce pas ? Ce dégoût peut amener certains à choisir l'incinération, ainsi les corps disparaissent et avec eux les souffrances qu'ils nous ont apportées. Pourquoi pas ? Mais cela n'attuera* pas la progression de Parking qui touche déjà 150 000 personnes en France. Personnellement, je ne suis pas encore décidée à accepter cette option.

Autre tentation : le suicide. Je sais combien cette idée attire, ne serait-ce que pour échapper à la décrépitude annoncée (vieillesse ou maladie). Certains trouveraient raisonnable qu'on se suicide passé un certain âge. Moi non, ce principe de suicide signifierait la mort de notre société.

Je reviens au squelette qui témoigne de notre passage sur la Terre, et qui n'est pas forcément triste. Au cimetière Montparnasse, je vais souvent voir la tombe de Baudelaire. Il est là, son squelette est là, à deux pas de moi. Le silence des lieux est à peine troublé par les oiseaux, mésanges, ramiers, moineaux, colombes, geais, des mouettes même, quelquefois, en hiver. J'aime cette méditation tranquille auprès de lui. La présence du squelette du général Aupick, son beau-père détesté, dans le même tombeau, ne change rien à la sérénité.

Crâne

Voilà la partie du corps humain qui abrite ce qui nous agite, sorte de carrosserie qui protège ce qui nous fait courir, penser, aimer, jusqu'à ce que de nous ne reste que cet os rond témoin de la mort présente et de la vie passée. Le crâne abrite le moteur de nos vies, sauf quand Parkkeenson s'en mêle. Alors les neurones disparaissent du cerveau – à jamais perdus –, neurones que j'imagine s'envolant tels des papillons attirés par la lumière du ciel et de l'espace.

Contrairement à d'autres cellules du corps humain, ils ne se régénèrent pas : ce qui est perdu, est perdu.

Suite à une visite chez le neurologue, je me rends dans le nord de Paris avec T. pour une scintigraphie.

Tout se passe en deux jours : la première fois, l'analyse dure dix minutes ; surtout ne pas bouger la tête ; la machine m'enferme moins que je le craignais, mais je reste très mal à l'aise.

Le lendemain, retour pour un examen toujours dans le cylindre ; cette fois, je dois rester cinquante minutes sans bouger, la tête prise dans des courroies. Je crains de ne pas supporter, que ce soit pire que la veille. C'est tout le contraire. Pas d'anxiété, pas d'inquiétude, je finis même par m'endormir. Au réveil on m'isole avec T. dans une salle où s'amoncelle un bric-à-bric* d'instruments ; il fait très chaud, on somnole en attendant je ne sais pas trop quoi. Entre alors un jeune homme intimidé :

— Vous n'avez pas la maladie de Parkinson.

Quoi ? Qu'est-ce qu'il a dit ? Vous pouvez répéter ? Je n'ai pas la maladie de Parkinsonne ? C'est bien ça ? Je n'arrive pas à réaliser, n'en reviens pas. Et en même temps, j'en étais sûre, mon corps ne pouvait pas me laisser tomber comme ça. Vivante, je me suis toujours sentie vivante, et la preuve en est là, maintenant. Vous êtes sûr ?

Je n'ai rien, rien du tout ! Vraiment ? Pas de maladie, chronique ou non ! Ça y est, je pleure. Mais j'y pense tout à coup, j'ai l'air fin à vouloir écrire sur une maladie que je n'ai pas. Finies, les larmes et la tristesse ! Bye, bye, sir Parkinsonne ! Je vais écrire un livre sur le bonheur d'être vivante et en bonne santé, ça changera, j'en vendrai des mille et des mille, mon éditeur sera content de moi et moi de lui.

Allez porter vos mauvaises nouvelles ailleurs, Parking. Je répète, je ne suis pas malade.

Incroyable, mais vrai !

Moi, toujours à me plaindre, me voici soulagée, légère ! J'ai juste envie de danser ! De sortir de cette minuscule pièce pour aller faire des claquettes sur le vilain carrelage de l'hôpital. Et puis je me mets à trembler, je me laisse tomber sur une chaise, hébétée, heureuse. Je n'en reviens pas. Je ne croyais pas à une nouvelle aussi importante. Pas du tout. Je l'embrasserais ce garçon malgré sa barbe mal peignée.

Le crâne de Hamlet est en caoutchouc. Tout ça c'est du théâtre et je ne suis pas malade.

Pourtant le regard inquiet du jeune homme m'intrigue. Sans que je lui pose aucune question, il enchaîne en se grattant la gorge :

— C'est seulement un petit Parkinson mais on a détecté aussi une maladie à corps de Lewy.

Ah ! C'est quoi ce nouveau truc ? De sa petite voix timide, et en regardant T. plutôt que moi, il parle de DCL et me conseille de ne pas aller chercher sur Internet ce que signifient ces « corps de Lewy ». Je dis d'accord ; je m'en fiche un peu ; je n'ai pas de Parkinson, le reste ne me touche pas. Mais visiblement il a encore quelque chose à dire, comme le prouvent ses raclements de gorge de plus en plus nombreux. Il finit par se jeter à l'eau et m'explique d'une voix douce et trop précipitée que les symptômes de ces deux maladies pourtant différentes sont proches, semblables, quasi les mêmes.

— La différence, dit-il (et sur un bout de papier il griffonne un petit schéma pour que je comprenne), la différence se trouve dans la matière noire : dans la maladie de Parkingsson les neurones meurent à cause d'une dérive de la matière noire, qui se situe dans un petit endroit du crâne. Alors que dans la maladie à corps de Lewy, ces corps se promènent dans tout le cerveau.

Et il se met à gribouiller tout le dessin du cerveau comme s'il voulait le faire disparaître. J'imagine des nageurs aguerris tournant sans fin à l'intérieur de mon crâne. Mais d'où viennent-ils ces corps, ces nageurs ? La réponse n'est pas claire. En tout cas, ils sont de plus en plus nombreux puisqu'ils se baladent dans l'ensemble du cerveau.

Devant mon égard égaré, T. prend le relais. Le jeune homme est soulagé d'avoir affaire à lui plutôt qu'à moi. Je me tasse sur la chaise, les mains coincées sous les cuisses pour qu'on ne les voit pas trembler. L'interne enchaîne :

— Pour stabiliser la maladie, on peut tenter de régénérer les fonctions cognitives.

— C'est-à-dire ? insiste T. d'une voix un peu agacée.

— Faire marcher la tête en même temps que le corps. Essayer de résoudre des problèmes, détailler les paroles, écrire, lire régulièrement…

J'interviens :

— En somme, je ne guérirai pas de cette maladie ?

— Pour le moment non, on ne sait pas la guérir. Mais on sait freiner son développement et réduire ses manifestations, par exemple le tremblement des mains.

Il s'est penché vers moi. Je retire mes mains bloquées sous la chaise comme si j'avais commis une bêtise.

T. reprend :

— Alors c'est mieux d'être affecté par les corps de Lewy que par Parkinson ?

— Pas forcément.

— Pourquoi ?

— Parce qu'on connaît mal cette maladie

— Oh ! là, là !, ça devient très compliqué. Ou plutôt sacrément flou.

Corps de Lewy ? J'imagine un aquarium où nagent de beaux éphèbes. Tels des poissons rouges, ils tournent sans fin, espérant en vain que cesse ce manège infernal. Mais il ne cessera pas : on ne sait pas guérir le corps de Lewi.

Je comprends quand même que je ne suis pas tirée d'affaire pour autant, et que quelles que soient les différences de noms qu'on leur donne, ces deux maladies, c'est blanc bonnet et bonnet blanc.

Corps de Lewy

Mon heure de grâce est passée.

Les corps de Lewy nagent dans mon crâne. Ne manque plus que le poisson rouge.

Une boule d'angoisse remonte à ma gorge. Le jeune médecin me regarde comme si, à son tour, il voulait m'embrasser. Il ajoute qu'il serait bon que je procède à des exercices mentaux réguliers pour éloigner les symptômes et régénérer l'activité cérébrale. On approche d'Alzheimer ou quoi ?

Il secoue la tête en essayant un sourire, et reste planté, là, alors que j'ai juste envie qu'il s'en aille.

Donc je continue à écrire mon livre, et donc je souffrirai toujours de ces maladies qui, même si elles ne tuent pas, m'entraînent inexorablement vers des comportements désolants, insupportables, irrationnels. Irai-je jeter un œil sur Internet ? Que veut-il me cacher pour qu'il prenne soin de me déconseiller d'aller y voir ? Je vais lui arracher sa barbe.

Je vais donc voir sur Internet : mon premier étonnement est le nom que l'on donne à cette affection : on ne la nomme pas « maladie à corps de Lewy » mais « démence à corps de Lewy » ou « DCL ». Ce terme de « démence » fait froid dans le dos, n'est-ce pas ? On se retrouve face à des images du début du XIXe siècle où l'on voit des malheureux, prisonniers de leur camisole de force, hurler de désespoir. Depuis, les médicaments ont remplacé les camisoles et voilà pourquoi j'ai tant de mal à m'échapper de cette glu dans laquelle je somnole.

Je ne suis en rien tirée d'affaire : quel que soit le nom qu'on leur donne, ces deux maladies sont blanc bonnet et bonnet blanc. Allez, on repart à zéro, on range les mouchoirs. On se bat.

Cheveux blancs

Rendez-vous en urgence chez le coiffeur, seule réponse que je puisse opposer à cette angoisse sourde. Je refuse d'être cataloguée « démente ». Les années passant, mes cheveux s'ordonnent comme tous ceux des femmes de ma famille : ils sont de moins en moins nombreux et, sur les tempes, ils ont complètement disparu. Ma sœur détestait cette implantation chez ma mère ; elle voulait à toute force lui imposer une coupe moderne, originale, jeune enfin ! Elle n'entendait pas la petite voix de maman qui lui disait que c'était comme ça et qu'on ne pouvait rien changer à sa chevelure devenue celle de son âge (elle ne disait pas « vieillesse » afin de ne pas choquer ma sœur). Mais tout cela c'était avant Alzheimer pour elle, Parkinsonne pour moi.

Il y a de quoi se faire des cheveux blancs, n'est-ce pas, quand on découvre les aléas de ma maladie. On vieillit plus vite, au fond, ce qui permet aux médecins d'affirmer que Parkinson n'est pas la maladie de la vieillesse et qu'on peut en être frappé sans qu'il y ait un lien direct avec la décrépitude. Le petit corps de Lewy se cache derrière Park, coucou les amis, je suis là, viens jouer avec nous petit Lewy, plus on est fou, plus on rit.

Il n'empêche : cette maladie accompagne le déclin de l'âge et leurs symptômes se ressemblent terriblement. Atteint, on se retrouve progressivement transformé en petite vieille ou petit vieux, avec toutes les marques de la sénescence : démarche mal assurée, fatigue générale, pertes de mémoire, voix légèrement chevrotante, tremblements de plus en plus fréquents, dos courbé... On ne joue pas à être vieux, on est vieux avant l'heure ; la brutalité de cette transformation coupe le souffle ; est-ce cela qui provoque les tremblements ? Est-ce l'effroi imaginaire de ce qui m'attend qui explique que je tremble ? La fin approche ?

La fin du livre ou celle de l'existence ?

La sentence est presque identique. Ce qu'on fait avec les livres, Prakinson le pratique avec nos vies. La comparaison avec les livres s'arrête là. Parce qu'un livre refermé après avoir été lu reste vivant dans la tête. La mienne en tout cas. Alors je me jure que Parkinson ne gagnera pas.

Ne croyez pourtant pas, cher lecteur, que cela nous mette forcément, nous, malades, dans une situation intenable. Étrangement, cette échéance raccourcie, cette urgence de savourer chaque instant parce que l'inéluctable est désormais là, donne une vision du monde différente. Je vis aujourd'hui avec une intensité dont je ne me serais jamais crue capable ; comme si je connaissais de la vie des moments, des sentiments que les bien-portants ne perçoivent pas. Une autre approche de l'existence nous gagne.

Quelle est la cause, quel est l'effet ? Est-ce l'arrivée intempestive de la vieillesse qui provoque les tremblements comme un naufrage brutal ? Ou est-ce l'effroi imaginé de ce qui m'attend qui explique que je tremble ? Les deux sans doute. Car oui, la vieillesse est un naufrage et les symptômes de DCL, de Prakizon et de la vieillesse sont les mêmes.

J'ai participé pendant plusieurs années à la Journée des Têtes Blanches du Secours populaire : on embarque des personnes âgées sur un bateau-mouche qui remonte la Seine et la Marne jusqu'à un bal musette où l'on danse et mange autant qu'on peut. Le fringant patron du Secours Pop, organisateur de cette journée, Julien Lauprêtre, lui aussi tête blanche mais qui démontre par son énergie qu'on peut être jeune et en bonne santé à quatre-vingt-dix ans passés malgré un intense mal au dos.

Jambes

Je voulais vous parler des « jambes sans repos ». Sensation insupportable. Des sortes de crampes pas douloureuses mais gênantes, pas tout à fait des picotements, pas des douleurs lancinantes, pas des points précis.

On ne peut décrire ces « jambes sans repos » que d'une manière négative. Je peux vous dire ce qu'elles ne sont pas, pas ce qu'elles sont. Elles peuvent réveiller les dormeurs, d'ailleurs c'est dans le premier sommeil qu'elles se manifestent le plus souvent. Sensations insupportables.

Toucher

Des cinq sens, le toucher est celui qui est le plus utile pour un malade de Parkingston. Il réclame de la lenteur, du silence et de la perplexité, il est le plus évident et le plus subtil de tous, lui qui conduit d'un être à un autre, d'un univers à un autre et qui est aussi, des cinq sens, celui de la fragilité et de l'attention.

Rappelez-vous le *Noli me tangere* du Christ ressuscité que Madeleine a reconnu. Vous vous souvenez sans doute de ce moment raconté par les chrétiens où l'on voit Madeleine aux pieds de Jésus qu'elle reconnaît, bien qu'il soit habillé en jardinier. Les peintres ont maintes fois illustré cette rencontre où le Messie prononce cette phrase *Noli me tangere,* « Ne me touche pas ».

Comment traduire par la peinture le désir de Madeleine de toucher le Christ ressuscité et l'interdiction que lui en fait ce dernier ? Eh bien tout est dans le déhanchement de Jésus qui s'offre en même temps qu'il se dérobe, déhanchement qui montre la dualité de la foi : accepter qu'elle vienne à lui tout en la tenant à distance.

Jeu d'éloignement et de séduction représenté dans la peinture par ce mouvement subtil. Elle ne le touchera pas, il ne s'enfuira pas. Lui esquive son geste, elle s'agenouille devant lui. Paradoxalement, ne pas pouvoir le toucher est la preuve qu'il est le Christ.

Ce toucher improbable, impossible : la première rencontre du Christ ressuscité, c'est là le miracle de Dieu pour les chrétiens. Les peintres, par dizaines, du Titien à Fra Angelico et au-delà, s'y sont confrontés.

Cette hésitation du toucher est celle que l'on ressent face à une personne en situation de handicap.

Quel que soit le sentiment qui accompagne ce face-à-face, nulle contrainte, nulle proclamation, juste ce jeu à peine esquissé de la reconnaissance réciproque. Ainsi vont les amitiés et leurs mystères entre victimes de handicaps et bien-portants.

Voix

Tout au long de ma vie professionnelle, je me suis servie de ma voix. Avant la météo, quand je disais de très beaux textes à Radio France en compagnie d'acteurs formidables que le passé n'a pas toujours engloutis mais qu'on pourrait oublier parce qu'ils ne sont plus là ou parce qu'ils se sont retirés du métier – de leur art devrais-je écrire. Je pense à Henri Virlogeux, à Nadia Barentin, à Edwige Feuillère, à Catherine Sellers, à Suzanne Flon, à Jean Bollery, à Élizabeth Tamaris, et tant et tant, si rares pourtant...

Parkkinsson n'a pas réussi à les chasser de ma mémoire et j'en suis heureuse. Je n'oublie pas non plus ceux qui travaillent encore, ceux pour qui la vie, la joie de vivre est plus forte que la fatigue : Michel Bouquet, Judith Magre parmi tant d'autres...

Jouer la comédie sur une scène de théâtre nourrit la force de vie, éloigne Parrequinsonson. Pourquoi pas ? Allez ! Tout le monde en scène !

Visage

Le temps de la maladie n'est pas celui de la littérature. Il m'arrive de souhaiter que la maladie évolue plus vite pour mieux vous en rendre compte.

En attendant que le pouvoir des mots fasse rendre gorge à Parquinnesson, on peut s'attarder sur les visages qu'on voit changer peu à peu. Désormais, comme le neurologue, je sais, à travers le masque des visages, reconnaître Parki :

Contemple-les, mon âme ;
ils sont vraiment affreux !

Ce vers de Baudelaire décrit les aveugles, on pourrait le lire aussi pour Parequinsone :

Pareils aux mannequins, vaguement ridicules ;
Terribles, singuliers comme les somnambules…

Oui, le masque des aveugles chez Baudelaire ressemble à celui des malades de Parkinsonn. Mais rappelez-vous le masque de Mohamed Ali-Cassius Clay. L'immense boxeur était devenu une sorte d'enfant perdu qui découvrait un monde qu'il ne savait pas décrypter. Regard fixe, aucun mouvement de visage, il semblait n'avoir aucune protection, aucune échappatoire. Ainsi sont les parkinsonniens ; à la différence des aveugles de Baudelaire, ils sont démunis de tout quand seul le masque de la maladie a envahi leur visage.

Regard hagard et fixe, bouche légèrement entrouverte et quelquefois un peu de bave. Ça vous dégoûte ? Lui aussi, elle aussi. Les malades de Prakinssonne se cachent quand ils le peuvent et détestent qu'on les expose.

Pour échapper à Parkinssonne, ou au moins à son masque, on pourrait porter un loup pour les périodes de carnaval, comme à Venise. Ami lecteur, ne sois pas s'il te plaît outré par ce langage innocent. Le sourire revient parfois de manière inattendue, surtout à Venise, et c'est beaucoup.

Venise
Lune de miel

Cette formule de « lune de miel », entre Parkinzon et amour secret, me conduit avec vous à Venise. Dans l'évolution de la maladie, elle est une formule employée par les scientifiques (de vrais amoureux ces chercheurs) pour traduire cette phase de la maladie qui laisse le corps en repos ; elle dit le moment où s'atteint l'équilibre entre Parkinsssonne et les médicaments. Cette période peut durer plusieurs années et varie d'un patient à l'autre. Mais plutôt que d'écrire ce temps de la maladie que mon corps n'a pas encore totalement vécu, je préfère que cette « lune de miel » m'entraîne avec toi, lecteur, à Venise. Nous y croiserons, qui sait ? Frédéric Baudré.

Venise me sauve de mon enfer ; j'y retrouve chaque fois l'odeur de pourriture, la même que celle des anciens canaux de Tarbes désormais asséchés et dont l'odeur m'a poursuivie avec délectation pendant toute mon enfance. Cette exhalaison fétide, commune aux deux villes, me rappelle toujours les jours heureux que notre tante inventait pour nous.

On allait voir les petits ânes à Bagnères, on mangeait de grands plats de flans au chocolat décorés de blancs d'œuf, on allait aux bains publics une fois par semaine, le soir on jetait les restes du repas dans le canal dont l'eau restait pourtant transparente, on faisait du vélo au Jardin Massey... lambeaux de souvenirs témoins des jours heureux. Au détour d'une ruelle, on découvrait les Pyrénées si loin, si proches, dont la magnificence nous isolait du monde et nous en protégeait. Pour mes sœurs et moi, les vacances chez Mita à Tarbes mariaient la liberté et les rires de celle qui nous aimait plus que tout.

Mita a disparu, les canaux de Tarbes ont été asséchés, mais heureusement, ceux de Venise sont toujours là. Dans le labyrinthe des ruelles, je savoure à chaque instant le bonheur de tous ceux qui traversent la ville ou qui y vivent. Moments de parfait équilibre. Venise est une lune de miel qui ne finit pas. Ces trois petits mots me sauvent du désespoir qui guette. Et toujours je retourne à Venise.

On dit qu'elle s'enfonce peu à peu dans la vase qui la détruit. Ce déclin dans la lenteur me convient. Venise meurt lentement depuis qu'elle existe. Et ceux qui prédisent sa mort définitive auront disparu avant elle. Venise est en danger de mort aujourd'hui comme hier ou demain, conduisant à la fin toujours prochaine, toujours repoussée ; et je voudrais qu'elle me conduise ainsi, doucement, inexorablement, vers ma mort, dans ce temps de crépuscule. Je suis comme cette ville, son temps de destruction est le mien, elle continuera dans son éternité immanente. Mourir à Venise comme il a été écrit, c'est rêver la mort comme on rêve la vie, douce et éclatante.

Chez Parquinson et les médecins, non seulement la « lune de miel » ne dure qu'un moment, comme dit la chanson, mais elle sous-entend aussi que le pire est devant nous ; ainsi s'évanouit-elle en laissant le malade seul face à ses angoisses chroniques.

Allons… Oublions Parking ! Partons ! Loin des médecins, jouissons de cette « lune de miel » forcément trop courte. Alors forcément Venise.

L'imagination m'entraîne à sa suite dans les ruelles étroites, au-dessus des ponts, au coin d'un canal, devant un tableau. Cette ville étrange m'a apporté tant de joie exaltée, tant de bonheurs d'être là, à cet endroit-là, dans un présent qui s'étire sans fin, comme un tableau de Canaletto. Oui, je traverse un moment béni. Je suis toujours dans ma « lune de miel ». Ma maladie a été détectée en 2014 et la lune de miel qui l'accompagne peut durer encore de longues années. (Vous voyez, cher lecteur, je fais comme le corps médical : je reste floue sur la durée d'une maladie « chronique. ») Donc, je souffre peu de

Parkinsson jusqu'à présent, bien moins en tout cas que d'autres victimes avec lesquelles je compatis.

Aujourd'hui ma maladie se manifeste seulement par des endormissements impromptus liés à des fatigues incontrôlables, une vraie lenteur dans tous mes gestes, et une façon de marcher en traînant les pieds qui bouleverse mon entourage.

Dos

« J'ai mal au dos ». Combien de fois n'avez-vous pas entendu ou répété cette simple phrase qui, outre la douleur, témoigne de la lassitude, de la tristesse, de l'impuissance, du malaise qu'impose parfois le quotidien. Rassurez-vous : le mal de dos n'a en général rien à voir avec Prakizon. Mais pour certains, peut-être : je ressens parfois à la hauteur des reins des sortes de fourmillements désagréables. Comme si les douleurs de mon enfance resurgissaient dans ma vie d'aujourd'hui. Dans cette partie de mon corps se cache la douleur lancinante du mal de dos de la petite fille que j'ai été. On dirait que cette évocation du passé m'accable. À présent dès que je marche, mon dos se courbe comme pour me protéger d'une charge trop lourde ; et quand je m'assieds, la courbure s'accentue : je porte le poids du monde sur les épaules.

Larmes

Mais où est-elle cette joie formidable ressentie à la minute où l'on m'annonçait ma maladie ? Où ? Bonjour monsieur Paarkinsson, vous n'avez pas vu passer ma maladie ? Elle est toujours avec vous ? Je voudrais bien la saluer.

Mes larmes désormais ne sont plus de joie. La joie s'en est allée. J'ai pensé qu'elle me guiderait vers l'écriture, j'ai pensé qu'elle m'aiderait au-delà de ma souffrance à trouver ma liberté : j'ai pensé qu'elle ne me faisait pas peur, et que si elle ne me faisait pas peur cela voulait dire que je n'aurai plus jamais peur de rien ni de personne, et j'ai pensé que ma liberté était au bout de ce chemin tortueux et escarpé.

Aujourd'hui, tout est différent. Rien ne se passe comme je l'avais imaginé : la maladie entre en moi tous les jours d'une manière insidieuse, invisible, où la peur se glisse quand je l'ai crue disparue. Elle est devenue une sorcière familière, repoussante, dégoûtante. Je ne me laisserai pas faire.

Trembler

J'ai dans mon corps un ennemi que je fabrique moi-même, indifférent à tout ce qui n'est pas lui. Attention, je vous vois Parrekinsson, confortablement installé dans ma tête. Vous ne respectez rien. Chaque jour qui passe, je réalise combien votre travail de sape me broie.

J'ai cru ce que vous me disiez, que ma maladie n'était pas mortelle, que personne ne la remarquerait, j'ai cru que ça voulait dire que je n'étais pas malade pour de vrai. On m'a dit aussi qu'on ne guérissait pas de Parkinssonn et j'ai cru que ça voulait pire* qu'il disparaîtrait bientôt, qu'il abandonnerait la partie à force de traitements. Avec espoir, j'ai aussi attendu que les chercheurs le chassent de ma tête, mais hélas les progrès de la science n'ont pas le même rythme ni le même temps que celui du malade… Ça vous fait sourire Parki ? Vous vous croyez si puissant ? Si fort ? Profitez-en, votre omnipotence ne durera pas ; cahin-caha les scientifiques avancent et je vous interdis de penser qu'il sera trop tard pour moi. J'en tremble de colère, et mieux vaut la colère plutôt que la peur. Je sais me battre. Ne riez pas. J'apprendrai. J'apprends déjà : mon arme, c'est ce livre.

Quatre

Voilà quatre ans que je suis prise par Parrekinsoon. Quatre ans que je tente de te faire ressentir, comprendre qui est Paarquinsoon, cher lecteur.

Aujourd'hui et après quatre années de traitement, entre les mains du merveilleux J.-F. C., voilà où j'en suis :

Mes mains tremblent de manière irrégulière et difficile à prévoir. Plutôt sous le coup d'une émotion. Leur rythme s'accélère de mois en mois.

Outre la main droite, désormais la main gauche aussi tremble un peu.

Même manifestation pour les jambes, surtout quand je suis assise.

Grosses fatigues, en général le matin entre 10 heures et midi. Je ne peux que me coucher et attendre que l'énergie revienne ; parfois je me rendors. Est-ce le Modopar qui crée cette somnolence ou Parkingson lui-même ? J'hésite. J'opterai plutôt pour le médicament : je prends une gélule jaune et verte trois fois par jour et, sur la notice, il est écrit qu'il y a un risque de somnolence. Outre le matin, il m'arrive aussi de dormir l'après-midi pendant deux heures. Je me réveille dans un état pitoyable, éjectée d'un réveil poisseux, sans repères et en sueur...

Sur les conseils de mon entourage, mes « aidants », je me suis procuré un semainier ; je n'ai pas su m'en servir, j'ai essayé avec un autre d'une structure un peu différente et là je me suis retrouvée à l'hôpital : j'avais surestimé les doses.

Je m'habille avec quelques difficultés ; il y a toujours une manche à l'envers, un bouton sans boutonnière, un décolleté dans le dos ; j'essaie de ne pas m'énerver.

Je bouge beaucoup. Je ne peux pas rester assise longtemps au même endroit, surtout au moment d'aller me coucher.

J'ai quelquefois, le soir ou la nuit, les jambes qui galopent.

J'ai du mal à m'exprimer (par moments.)

Je confonds les trajets, multiplie les tours et les détours : récemment j'étais persuadée que Brest était tout près de Paris. Il y a peu, j'ai aussi prétendu avec une belle assurance, devant des amis, que le bassin d'Arcachon où ils se rendaient était lui aussi proche de la capitale. J'ai vu dans leurs yeux ébahis qu'ils s'interrogeaient : voulais-je faire une blague nulle ou quelque chose ne tournait-il pas rond dans ma tête ? Pour ôter la moindre suspicion quant à mon état mental, j'ai tenté de faire croire à de l'humour raté. Je n'avais pas tout à fait repris mes repères ni retrouvé mes esprits. Le regard de R. s'est longtemps attardé sur moi, comme s'il avait deviné les effets de Parkinson.

Écrire ce livre maintient cette distance entre Parkinssonne et moi. Elle me trouble et s'enfle ou diminue selon les jours et les nuits. Cette distance qu'établit la littérature peut nous sauver… Qu'en pensez-vous, vous qui me lisez, là, en ce moment ? Foutaises ? La littérature peut nous sauver ? Seule la littérature ? Peut-être. Et sauver quoi de quoi ? De cette menace de la maladie ? L'accepter sans peur. Oui, peut-être la littérature peut sauver de la peur et du malheur… À force de l'écrire j'y croirai moi aussi. Peut-être. Ce sont plutôt mes gaffes qui me protègent, je suis devenue clown sans le faire exprès. L'autre jour, à table, j'ai versé de l'huile d'olive dans mon verre ; j'ai vu dans les regards autour de moi qu'on se demandait s'il fallait en rire ou en pleurer, j'ai choisi le rire, et j'ai entendu, autour de moi, les gloussements qui précèdent le fou rire. Je fais rire mon entourage, c'est déjà ça.

Mes proches ne sont pas cyniques, ni égoïstes, mais il faut parfois partir d'un grand fou rire pour échapper à l'étouffant Parki. Pour l'Alzheimer de maman, les fous rires nous ont souvent sauvés du chagrin.

Là ? Où j'en suis ? Je ne sais pas. Je tourne en rond. Au sens propre. Comme un chat qui joue à attraper sa queue. Mais je ne joue pas.

Trembler

Ce Parkinnson me paraît si imprécis, si bizarre : c'est quoi cette maladie qui vient de l'intérieur de moi et qui me fait souffrir de manière inexorable sans me tuer ? Le supplice est immense et, dans cette ignorance, j'imagine parfois le pire : mon cerveau inéluctablement se transforme comme dans le premier film de David Lynch, *Eraserhead*.

Le plus difficile dans l'élaboration de ce livre, c'est de rendre cohérent ce qui est écrit. Cette cohérence est difficile à trouver, mais pour vous cher lecteur, si je ne veux pas vous perdre, elle est indispensable. Il faut que j'arrive à la faire surgir, surtout si vous-même êtes victime de ce sacré Padington. Vous ou l'un de vos proches. C'est comme cela que j'arriverai à vous aider.

Alors, poursuivons le voyage.

Regards

Avez-vous déjà croisé le regard d'un malade d'Alzheimer ? Avez-vous saisi ces courts moments de panique où son œil tente d'accrocher un objet familier, une personne qu'il s'efforce de reconnaître ? Mais justement pendant quelques instants, il ne sait même pas qui il est. D'où cette panique, non pas de ne pas savoir où il est, qui il est, mais la peur que les autres, tous les autres, se rendent compte qu'il est totalement perdu dans un monde étranger où il ne discerne rien ni personne. Alors il donne le change.

J'ai connu une vieille dame qui, pour cacher les trous de mémoire provoqués par Alzheimer, répondait à une question par une autre question. La ruse ne marchait pas toujours mais la dame conservait toute son élégance et sa sociabilité.

Eh bien, j'ai moi aussi, je vous l'ai dit, croisé des regards surpris devant une de mes affirmations totalement erronée.

Ce symptôme est rarement celui de Parkinggson mais plus fréquent dans la démence de corps de Lewy ou la maladie d'Alzheimer.

Repenser à ce masque me met de méchante humeur, je sens le frôlement de l'effroi se rapprocher de moi, j'ai peur. Et voilà que la sonnette de l'entrée retentit ; je vais ouvrir de mauvaise grâce ; je n'attends personne, il est trop tôt, comme tous les matins je veux me mettre à écrire, et comme tous les matins, ce n'est pas facile.

À ce moment de la matinée, je suis même sur le point d'écrire à mon éditeur pour lui dire que j'abandonne, que je ne suis pas capable de rédiger des confessions ni de trouver la bonne distance entre émotion et froideur du récit. La présence de Montaigne et le désir de relever le défi malgré sa protection (et encore, quelle protection ?) n'y changent rien. Quelles histoires je me raconte sur Montaigne ? Suis-je même capable de lire une ligne des *Essais* ? Et quels lecteurs peuvent encore s'intéresser à lui ? Je n'écris que pour me faire plaisir, et aujourd'hui, justement, je ne prends plus de plaisir, alors j'arrête. Bref, je reprends ma liberté et renverrai à l'éditeur mon contrat non signé.

J'en étais là de mes doutes quand l'interphone a sonné.

Une voix d'homme jeune m'a dit un nom, j'ai répondu par « 2ᵉ étage », j'ai pensé que T. dormait encore mais qu'il ne pouvait rien m'arriver puisqu'il était là. Déjà l'homme frappait à la porte, il avait fait vite. J'allais lui ouvrir et tout de suite j'ai eu honte de ma tenue : le cheveu en bataille, les traits encore gonflés de la nuit, des chaussettes d'homme pour chaussons et un petit pantalon grotesque blanc et beige, trop court, trop grand. À mon regard interrogateur, il répond qu'il est le chauffagiste et qu'il vient nettoyer la chaudière. Je le fais entrer, je n'aime pas son petit sourire familier. Comme tous les gamins de sa génération il a une fine barbe noire et porte des lunettes foncées. Il n'a l'air ni d'un plombier ni d'un étudiant. Il a de très beaux yeux gris-bleu. Et tout d'un coup, je reconnais ses yeux : le jeune homme qui m'a déposée il y a quatre ans, devant l'immeuble de mon neurologue, c'est lui ! C'est bien lui ! Lui, la dernière personne que j'ai rencontrée avant que Parkinsonne me rappelle à son bon souvenir ; ce jour-là ma vie est devenue autre, et il a été le seul témoin de cet ultime instant sans Prakingson. Étais-je plus heureuse avant ? Plus forte ? Je ne sais pas répondre. Mais je suis bouleversée de le retrouver comme un neveu oublié ou un cousin disparu. Je parle à voix basse, je ne voudrais pas que T. se réveille, j'ai envie d'un moment d'intimité avec ce garçon. Je me rappelle qu'il allait partir s'installer à Nice avec son amoureuse. Alors pourquoi est-il à Paris ? Finalement, ils ont préféré remonter dans la capitale ; à Nice, ils ne connaissaient personne et la vie était plus chère. Et toutes ces plages privatisées... Ils ne se sentaient pas bien. Ils se seraient sans doute habitués, parce que c'est vrai, la ville, la baie des anges, la mer, le soleil, on en avait très envie quand même, et puis Noëlie est tombée enceinte et on est remontés à Paris. Noëlie, c'est ma femme. J'avais compris. Je m'exclame : « Vous avez un enfant ? — Deux, sourit-il. Vous voulez voir leurs photos ? » Des jumeaux, de magnifiques jumeaux ; il rit de bonheur en les regardant. « C'est du boulot, vous savez, mais on est bien tous les quatre. » Vite, il range les photos et se met au travail à l'autre bout de l'appartement. Et si je lui montrais une photo de Parkiki ? Que dirait-il ? Rien, il n'a jamais vu Prakiki, il ne saurait pas le reconnaître. Il ne voit pas mes mains trembler, je sais comment les cacher. Il est le dernier humain avant l'arrivée de Praquisson et il ne le sait pas. Il doit me trouver vieillie (un peu ? beaucoup ?). La vie après lui n'a plus été la même. Il ne le saura jamais.

Il a fini, il va partir, on hésite à s'embrasser. On rit un peu. Les yeux bleus sont redevenus gris.

Dans ce chapitre sur le regard, je voudrais revenir sur une question que me pose le neurologue très souvent : est-ce que j'ai des hallucinations ? Et, selon ma réponse, il établit une nouvelle ordonnance : l'hallucination doit être éliminée, elle est le symptôme d'un processus dégénératif du cerveau.

Je me souviens d'une exposition Picasso qui rassemblait toutes ses œuvres ayant appartenu à Dora Maar. Bien sûr, il y avait des tableaux, des sculptures, mais aussi des objets du quotidien transformés par la grâce de l'artiste en autant d'œuvres d'art ; tout était prétexte à peintures : une poignée de porte, un coquillage, une boîte d'allumettes, un caillou, une nappe en papier déchirée ; on avait l'impression que tout ce qui était tombé sous ses yeux se changeait aussitôt en oiseau, en taureau, en déclaration d'amour. Chez bon nombre d'artistes, le processus est le même. Un regard suffit pour transformer les objets du quotidien en poisson ou en caillou. J'imagine que Picasso voit l'objet transformé dans sa tête avant de le réaliser et de le transformer ; l'art est hallucinatoire, et dans la construction et dans l'œil de celui qui regarde. Alors pourquoi faudrait-il guérir de ces visions ? Ne vaudrait-il pas mieux développer l'art en nous ? Que dirait Antonin Artaud ou Henri Michaux ? L'amour ne nourrit-il pas ces hallucinations comme le prouvent tous ces objets transformés par lui, Pablo, pour elle, Dora, en autant de serments d'amour ?

Et si soigner mon cerveau, c'est-à-dire le priver d'hallucinations, m'éloignait à tout jamais du désir d'écrire et de la vibration amoureuse ? Plus d'hallucinations, plus d'amour…

Enfance

Je danse, danse, danse, attention petite fille, petite folle, c'est la danse de Saint-Guy, aujourd'hui je l'ai dans tout le corps, saint Guy est devenu Parkinson, le médecin anglais danse un tango infernal avec Guy. Oui, on dit que le tango réduit les symptômes de Parkinson. Tous ces « on-dit » ! Je préfère la danse, je l'ai dans tout le corps. Et je suis petite, toute petite, je suis du côté des doux, des exclus, des idiots, je danse quand les autres travaillent ou pleurent. Je danse et je ne fais pas exprès. C'est pas ma faute, je danse. Folle, petite folle.

C'est la danse des vieux, la danse de Prekasson.

Maladie de vieux ? Mais depuis quand ai-je cette maladie ? J'ai toujours aimé danser. Alors à quel moment de ma vie mon cerveau commence-t-il à divaguer ? Et pourquoi ?

Je suis en dixième, je suis la plus petite de la classe et la plus jeune. Ma sœur joue avec les grandes, elle ne me voit même pas. Je suis d'un tempérament fragile ; je fais la sieste après le déjeuner, je ne retourne pas à l'école l'après-midi ; mes sœurs sont jalouses, mais elles, elles ne sont pas malades. Moi, si. Et maman est inquiète. Je sais bien que je suis lente dans mes gestes, je suis toujours à la traîne pour marcher, m'habiller, manger, sauter à la corde, courir les bras écartés. On croit que je le fais exprès pour me faire câliner. Mais non, je suis malade, Maman est la seule à comprendre. Je reste au lit toute la journée quand j'ai mal au dos. Et j'ai tout le temps mal au dos, aux reins exactement. Le docteur vient quelquefois mais il ne trouve rien. Il me regarde d'un air sérieux comme si j'avais fait une bêtise. Je n'ai pas fait de bêtise, je suis malade, c'est tout. Je le sais et maman aussi.

En faisant appel à mes souvenirs, je me rends compte que j'ai vécu une partie de mon enfance comme je vis aujourd'hui : je prends brutalement conscience que ma vie actuelle est la même que celle que j'ai vécue les dix premières années de ma vie. Praquinzone a remplacé mon mal aux reins. Je suis plongée dans les souvenirs de mes pseudo-maladies infantiles qui désespéraient ma mère, intriguaient les médecins et me comblaient de bonheur. Je l'avais pour moi toute seule tant son inquiétude sur ma santé était grande.

Aujourd'hui, sous l'emprise de Parkinson, je me retrouve pareille à cette petite fille à peine malade qui cherche dans le regard de sa mère l'inquiétude folle et l'amour infini. Déjà je souffrais d'une maladie qu'on ne savait pas guérir, ni même nommer.

Fatiguée, chancelante, ralentie, craintive, mal assurée, solitaire, silencieuse, voilà le tableau d'un début de Parkinson, voilà le portrait de la petite fille que j'ai été.

Ainsi, je suis renvoyée à mon enfance où s'entremêlent, dans mes souvenirs et mes rêves nocturnes, amour de ma mère et maladie. Ma mère a disparu dans les fracas d'une maladie chronique qu'on dit inguérissable, et moi je suis toute seule.

Fatiguée, chancelante, ralentie, craintive, mal assurée, solitaire, silencieuse, voilà le tableau d'un début de Parkinson, voilà le portrait de la petite fille que j'ai été.

Mes tremblements me renvoient à mon enfance souffreteuse. Ma mémoire est fragile, les souvenirs imprécis ou douloureux. La danse me sauve, quelquefois.

Mémoire

Je devrais interroger ma mémoire, lui consacrer un chapitre dense. J'y renonce : tout le livre dit, raconte, témoigne de la perte de mémoire, plus ou moins, selon les anecdotes. En voici encore une, seulement une, ma mémoire reste fragile.

J'écris au salon sur mon ordi. À la cuisine, il prépare du thé pour lui et pour moi, un thé délicieux qu'il va acheter à l'autre bout de la ville. Il entre au salon avec un petit plateau sur lequel il a posé deux bols et la théière. Je dis « Il manque un bol », T. ne répond pas. J'insiste : « Il manque un bol. » T. ne répond toujours pas et remplit délicatement les bols. Je m'agace de son silence. J'insiste, il manque bel et bien un bol puisqu'on est trois. « Ah oui ? Et qui est le troisième ? » demande-t-il, flegmatique. L'évidence me saute aux yeux. Nous sommes deux, ici, dans la pièce ; nous deux, nous deux seulement, partageons une tasse de thé. Dans l'atmosphère tranquille de ce samedi après-midi passé au coin du feu, ma confusion nous fait sourire tous les deux…

Mais où est la déficience ? Qui la provoque ? Parkinson ? Ou corps de Lewy ? Les deux ? Corps de Lewy PLUS Parkinson ? Double peine, quoi, j'ai compris. Le corps de Lewy s'ajoute au Parkinson qu'il n'efface pas. Tournez, tournez petits poissons, la fête n'est pas finie…

Comprenez-vous pourquoi ceux qui sont atteints de Parquinson prennent peu à peu l'habitude de se taire même devant leurs amis ? Il faut cacher le handicap à tout prix pour garder sa place dans la société, dans le travail, en famille, même.

Humérus

Autrement dit, l'os du bras. Oui, lui aussi joue un rôle dans le duo entre mon corps et moi. À ma première visite à son cabinet, le neurologue m'a demandé de marcher de long en large dans son bureau. Il m'a fait remarquer que le bras gauche restait ballant pendant la marche, contrairement à l'autre bras. Cette inertie d'un bras semblait indiquer la possibilité d'une trace de Parkingssonn ; d'autres exercices, comme par exemple écrire ou marcher sur une seule latte du plancher ou tenir en équilibre sur un pied, tout cela l'amena à poser le diagnostic.

J'ai remarqué, depuis, que le bras gauche se tordait un peu vers l'intérieur, comme si ma main, au contact du bras, se tordait en s'atrophiant.

Le bras se met aussi à trembler, comme s'il suivait le parcours de la main. J'ai noté que le tremblement allait du bras droit vers le bras gauche en passant par les mains et glissait peu à peu vers les cuisses, les jambes et les pieds. J'arrive encore à maîtriser les tremblements de ces membres et à leur intimer le calme comme je le ferais pour un animal désobéissant. Mais combien de temps y parviendrais-je ? Enfin, le sommeil vient mettre de l'ordre à tout cela : on ne tremble pas quand on dort.

Fémur

Poursuivons la balade entre chair et squelette. Je reviens à l'intérêt que je porte à cette partie de mon corps : les cuisses. Elles ont leur place dans le parcours tremblé de Parkingzon. Je peux, je crois, les soumettre à mes intentions grâce à un engin qui a envahi notre salon, pourtant de bonne taille, bien avant que Parkinzone fasse irruption dans ma vie de manière si traître. Il s'agit du vélo d'appartement. Je sais qu'il y a encore mieux que cet engin à pédales (je pense aux pédaliers aquatiques), mais franchement, il n'y a pas de place pour un aquarium à taille humaine dans les appartements parisiens. Et je déteste aller dans les salles où on se retrouve à plusieurs pour modeler autant qu'on peut on ne sait trop quoi. Je rêve d'un monde où la pratique du sport serait mal vue et interdite. J'y serais tant à mon aise ! Comme Churchill à qui l'on demandait d'où lui venait toute cette énergie, et qui répondait : « *No sport.* » Moi, je rumine sur mes pédales et compte combien de minutes me séparent de l'instant où je vais pouvoir arrêter.

Hanche

Tout est sans doute parti de là, de cet os. Comme pour beaucoup d'entre nous, passé un certain âge, j'ai été opérée de la hanche ; le chirurgien m'a montré une sorte de barre de fer qui me permettrait de marcher à nouveau. Opération réussie, chirurgien satisfait, je suis restée à peine trente-six heures dans sa clinique, une barre en titane enfouie dans le bas du ventre.

Est-ce cet objet, cet inquisiteur qui est à l'origine de mes tremblements ?

Chevilles

J'allais oublier les chevilles. Comment est-ce possible ? Voici la partie de mon corps la plus en forme ; certes, elles tremblent parfois avec le pied en période de crise, mais en général elles sont aussi vaillantes qu'indépendantes. À vrai dire, je crois qu'elles sont la partie de mon corps que je préfère, parce qu'elles sont fines et vives. J'adore danser ; quand j'entends une chanson à la mode et que je me mets à sauter dans le rythme, mes chevilles, par leur souplesse, m'accompagnent pendant tout le temps de la musique.

Je me suis rendu compte des qualités de mes chevilles (souplesse, vitalité) lors des meetings d'Emmanuel Macron pendant la campagne électorale 2017 : dans des immenses salles, la musique jouait à fond pendant plusieurs heures dans l'attente du candidat et quand il entrait enfin, les bras levés, résonnait une musique spécialement conçue pour lui, extrêmement rythmée. Et là, mes chevilles, chauffées par le tempo, se réveillaient et je sautais de plus en plus en cadence ; jamais, depuis le début de Parkin, je ne m'étais sentie aussi légère, aussi souple, en accord avec tous ceux autour de moi qui eux aussi sautaient, dansaient, riaient et c'était un moment de formidable liberté. Je crois que c'est pour cette sensation que certains voient le tango comme une sorte de thérapie parallèle face à Padikson. Et ce qui est vrai pour le tango vaut pour toutes les manières de retrouver un accord juste avec soi-même. Tout ce qui tend à retrouver la circulation d'énergie dans le corps peut lutter contre Parkingson.

J'aime changer l'orthographe de ce mal dès que je peux. Sur mon Mac, il se souligne de rouge comme s'il n'avait rien à faire dans ce texte ni dans ma vie.

Fesses

J'ai failli ne pas faire de chapitre sur les fesses. Je n'aime pas ce mot. Tout de suite surgissent des images misogynes. Mais je veux tenter de tout dire, j'ai ce but naïf de découvrir dans cette maladie, et dans l'écriture, les effets qu'elle produit sur mon corps et dans ma tête. Je cherche une vérité qui m'échappe, plus grande que moi sans doute mais qui m'apporterait la paix. Une forme de révélation douce pour mes proches et pour moi.

Mon corps a changé quand je n'ai plus été sous l'emprise de la télé. Depuis que j'ai cessé de me montrer, les rapports entre lui et moi ne sont plus les mêmes. Tant que je travaillais, j'ai été mince, sans régime, sans précaution, sans attention : je mangeais de tout sans jamais me priver. À l'antenne j'étais toujours fluette. J'ai un peu grossi dès que j'ai arrêté la météo.

Ce changement de poids n'a rien de rationnel. Il faudrait plutôt aller chercher du côté de l'inconscient : j'ai grossi en quittant l'antenne parce que je me suis libérée de la contrainte de l'image. Ces kilos en plus sont une victoire, ma victoire. Je ne suis plus la dame de la météo, je suis moi. Et forcément, cette disparition, que j'ai choisie pourtant, m'inquiète : vais-je disparaître avec l'effacement de mon image de vos rétines et de vos écrans ? Je constate que non. Sur la petite île où nous nous sommes installés, T. et moi, la question ne m'embarrasse pas vraiment. Et j'ai désormais du temps pour m'occuper de vous, chers lecteurs. Je pense à tous ces gens, qui sont eux aussi victimes de Parkingsson ou de maladies voisines. Je suis avec eux, mais aussi avec ceux qui prennent soin du malade, « les aidants ». Et forcément je pense à E. si dynamique, pleine de ressources, elle se bat pour sa fille tous les jours, à chaque seconde, et ne trouve un léger repos que quelques heures le mercredi, comme à l'école, l'école de la vie, qu'elle accepte avec tant de courage et de générosité.

J'aimerais me libérer de ma maladie, j'aimerais que mon corps me laisse vivre une vie heureuse sans le poids d'un Parekingsom ou d'un corps de Lewy. Je pense à cet hymne de la libération féminine écrit par Jacques Prévert :

Je suis comme je suis, je suis faite comme ça
Quand j'ai envie de rire, oui je ris aux éclats.

Je suis celle-là aujourd'hui : un peu moins mince, un peu plus malade.

Le poème porte ce désir incompressible d'être soi, de ne pas dépendre du regard de l'autre. C'est un chant à la liberté. Parkingsoon n'y peut rien.

Petit matin, il fait froid, Paris est sous la neige, tout blanc comme une carte postale. Devant un feu de cheminée, je vous écris encore mes chers malades, mes chers aidants. Mais ce matin, les rôles sont inversés : j'ai besoin de vous, là, maintenant, j'ai besoin que vous me consoliez, que vous me donniez des forces pour affronter Parkinssonne et ses comparses. C'est si difficile ce matin.

Je ne sais rien de moi. J'ai cru avec ce livre m'en rapprocher. J'ai cru que me partager entre corps et esprit me donnerait la force acquise par la connaissance, de lutter contre Pardingone. Foutaises ! J'ai de plus en plus peur de ne pas arriver au bout. C'est un piège qui se referme : j'écris de moins en moins, mon corps se fragilise, j'avance à l'aveugle.

Je suis tentée d'effacer ces quelques lignes qui précèdent mais non, je les garde : je ne veux pas enjoliver ce qui m'arrive. Tous ceux qui sont attaqués par Praquispo connaissent ces moments de désarroi total qu'aucune présence ne peut combler ou effacer. Heureusement ces crises d'angoisse sont suivies de répit. Et la vie redevient belle devant un feu de cheminée. C'est là que je m'installe. Adamo chante « Tombe la neige ».

Nous ne sommes pas seuls. Je vous imagine tout près, partageant mes angoisses et mes joies. Vous n'êtes pas seuls ; et moi, grâce à vous qui me lisez, je n'ai pas peur de la solitude. Mais plutôt que de solitude, je redoute la peur de Parkinzon : la maladie nous isole dans cette angoisse, sauf quand on peut la partager avec d'autres malades. Et ce Parkinzon, malgré toutes ses tentatives pour nous ramener à la souffrance solitaire, aura, j'espère, égayé quelquefois vos vies avec ses orthographes ridicules.

Et puisque ce chapitre est consacré aux fesses, j'y reviens donc. Encore un peu de gaieté s'il vous plaît ! Si vous avez l'occasion d'aller au Louvre, allez voir les Rubens, et en particulier la salle consacrée à Marie de Médicis. Ces fesses ! De quelque côté qu'on se tourne, elles s'offrent à tous les regards ; joufflues, rebondies, énormes, mafflues, bouffies, elles sont toutes semblables et pourtant toutes différentes. Mais le satiné de la peau est si beau, si tendre, si élégant qu'on finit par les aimer, ces fesses, et me voilà bien contente d'échapper enfin à la dictature de la maigreur.

Sexe

À la suite du chapitre « fesses » bien sûr. Je n'ai rien à écrire sur ce sujet, sauf à ne jamais oublier l'amour que j'ai pour lui, l'amour qu'il a pour moi.

Le sexe, c'est le secret, le cœur de l'amour ; quand je suis contre lui je ne tremble presque plus.

Guérir

Voilà le chapitre qui devrait clore ce livre si j'étais follement opttimiste*. Mais je ne suis pas opttimiste*, juste raisonnable. Je n'ai pas de sympathie pour ce mot : il s'invite sans que je l'aie invité. Mais il peut être utile, nous donner la bonne distance entre la maladie et nous.

Donc je récapitule :

Je ne peux ni guérir, ni mourir de cette maladie.

Je n'écris pas ce livre pour guérir, aucun livre ne me fera guérir.

J'écris pour tenir mon mal à distance ; j'écris également pour dire à tous ceux qui en sont victimes qu'ils ne sont pas seuls. Enfin, je m'adresse aux « aidants », c'est-à-dire à tous ceux qui s'occupent des malades.

Reste la question ni guérissable, ni mortelle : comment vivre avec Parking ?

Les jours s'en vont, je demeure.

Guillaume Apollinaire.

Carpe diem

Cher lecteur, chère lectrice, j'écris pour chacun de nous et nous sommes tous différents. Chaque malade a son rythme propre, et la maladie ne s'attaque pas à tous de la même façon. Je doute que chacun se retrouve totalement dans la manière dont je vis, moi, Parquinsson.

Aussi, après avoir beaucoup parlé de moi – mais je suis le sujet de cette étude (relisez, s'il vous plaît, la citation de Montaigne au tout début du livre) –, élargissons mon terrain d'observation.

À lire la littérature sur Parquinzo, je constate l'optimisme des médecins et le désespoir des malades. Les malades veulent être plaints, les médecins, reconnus : quand les seconds s'intéressent d'emblée aux progrès de la science, les premiers attendent d'abord de la compassion ; ils veulent qu'on mette leurs souffrances sur la place publique, alors que les médecins leur conseillent le secret. À travers les revues que je feuillette, je perçois le fossé entre ces deux positions.

Avec les progrès scientifiques, les patients auront une vie plus douce et leurs soignants de nouvelles connaissances. Mais quand ? Question centrale : le temps des chercheurs n'est pas celui des patients et ce qui paraît court aux uns se révèle beaucoup tropp* lent pour les autres.

Quand ma maladie aura progressé, j'y verrai plus clair, ou au contraire, plus du tout : je ne serai plus là.

Je reviens à aujourd'hui. Et à la controverse qui se manifeste dans le courrier des lecteurs des revues sur Parkingzou : certains se plaignent qu'on ne donne pas sa juste place d'horreur et de souffrance à Parkkinson, alors qu'on parle tout le temps d'Alzheimer. Il y a concurrence :

« C'est moi le plus malade ! Non, c'est moi ! Non c'est moi ! »

Peut-être connaissez-vous cette blague : deux amis sont dans un café, ils ont commandé une bière. L'un souffre de Parkinzonne, l'autre d'Alzheimer. Duquel voudriez-vous prendre la place ?

— Le Parkinsson.

— Pourquoi ?

— Parce que, moi, je renverse de la bière en la buvant alors que le Alzheimer a oublié qu'il avait commandé une bière.

On rit. Ha, ha, ha !

Mon éditeur me le répète souvent :

— N'écris pas un texte triste, ne parle pas de la mort tout le temps.

Alors, je m'applique. Je comprends sa crainte qui est celle de tout éditeur : ne pas vendre assez de livres.

— Ne parle pas tout le temps de la mort, tu vas les faire fuir ! enchaîne mon amoureux.

Au risque de vous faire fuir, mais c'est comme ça, c'est cela que j'ai envie d'écrire en ce motard* et la maladie m'oblige à ne rien me refuser, à n'en faire qu'à ma tête : *CARPE DIEM* ! Même si je ne suis pas sûre que ma définition du *Carpe diem* soit la bonne.

— Montaigne aussi parlait de la mort tout le temps. Et il n'est pas triste !

— Oui, mais tu n'es pas Montaigne.

Touchée !

On veut être aimés, tous, et l'une des meilleures façons d'y parvenir est de faire sentir à quel point on est victime ; je comprends, c'est dans la nature humaine, et dans la mienne en particulier ; moi aussi j'ai besoin qu'on me plaigne, j'adore ça. Et cette maladie est une bonne occasion d'enraciner la plainte. Oui, mais justement, là est le danger : que la plainte ne cesse plus de se renforcer, de grandir.

Il faudrait être assez fort pour adopter cette formule anglaise : « *Never explain, never complain.* »

Essayez, ça marche dans les deux sens. Et c'est assez classe non ? Mais cela demande une force de caractère que je ne possède pas toujours.

Je donne des conseils d'autant plus aisément que jusqu'à présent je n'ai pas ressenti, moi, de douleurs particulières ou même gênantes depuis que la maladie s'est déclarée. Je suis dans la période dite « lune de miel ». Mais il ne faut pas s'y fier.

Vous aurez remarqué que certains mots, certaines tournures de phrase traduisent mon impuissance à bien écrire ou à chercher un terme perdu dans ma tête ; ces mots sont plus ou moins nombreux selon les jours et les thèmes traités. Parfois, les doigts me trahissent, la mémoire me dénonce. J'attends patiemment que tout marche à nouveau : la femme et la machine.

Montaigne, qui n'avait pas d'ordinateur, quand une idée traversait son esprit, dépêchait un valet de la salle commune à sa librairie en courant pour que ne s'efface pas de sa tête l'élaboration de la pensée qui venait de traverser son cerveau de philosophe. Pour lutter contre la faiblesse de ma mémoire, j'ai, moi, cet ordinateur ; mes pensées restent cependant bien confuses. Je me retourne toujours vers toi, cher lecteur, c'est en allant vers toi que je m'oblige à plus de clarté, plus de rigueur dans l'écriture.

En écrivant *Trembler,* j'essaie de ne rien cacher, de ne pas réduire ce qui m'arrive à la simplification, de n'être arrêtée ni par des mains qui tremblent, ni par la fugacité de pensées qui m'échappent trop vite.

Je veux poursuivre mon but littéraire sans être interrompue par des fautes, trop pressée pour les corriger avant que la maladie me censure.

Je sais que viendra un moment où je ne pourrai plus du tout écrire, que ce soit avec ou sans l'ordinateur.

Alors profitons-en. Savourons le moment. Je me souviens que maman m'avait, autrefois, acheté une bague basque sur laquelle étaient inscrits ces deux mots latins : *CARPE DIEM*. Une bague basque, c'est un anneau tout simple où sont gravées pensées et sentences. Je l'ai gardé longtemps, cet anneau qui me rappelait nos vacances à Saint-Jean-de-Luz avec maman, mes sœurs, mon père. Oui, parfois la mémoire, surtout celle des jours anciens, m'envoie des signes qui nourrissent une mélancolie enfin apaisée.

Quant à Parkisson, je me réserve le droit d'écrire son nom de manière presque systématiquement erronée, petite vengeance des mots et des lettres sur la maladie, qui me fait du bien. Et le chat ronronne.

Je suis convaincue que les chats, d'une certaine façon, protègent des tremblements liés à

Praekinzo. Eux aussi tremblent parfois, mais c'est au plus fort de leurs câlins, dans l'extase. Je devine des mines réticentes. Décidément, chaque Parking est unique.

Confusion

Je reviens à mes contradictions. Je suis dans une totale confusion : d'un côté, je garde ma maladie secrète, comme les médecins me l'ont conseillé, et de l'autre, je tente d'écrire un livre où je ne cherche pas à me cacher mais où, au contraire, j'essaie de m'exposer de toutes les manières à la recherche d'une vérité qui m'échappe.

Je reviens vers vous, chers lectrices et lecteurs. Dans le courrier que vous adressez aux revues sur Parking vous réclamez d'abord de l'attention, de l'amour. Vous voulez qu'on vous aide, vous voulez dire qu'on vous aime.

Un des moments cruels de cette maladie, c'est qu'on ne la voit pas. Ces maladies chroniques, invisibles, exigent une force d'âme que nous ne possédons pas tous à toute heure. Il faut tenir sans se plaindre ? Sans doute ; et si parfois on se confie à un valide, ne jamais oublier qu'il ne voit pas ce dont on souffre et qui nous enferme, malgré nous, malgré lui, dans la solitude.

Trembler

Et puis viendra ce moment où la maladie apparaîtra sur mon visage. Je sais déjà quel masque elle revêtira : tête baissée, langue tirée, regard sans expression, tremblement permanent. Je l'ai éccrit* déjà mais je me force à le réécrire : ce masque-là, je le porterai un jour, je le sais. Autant connaître sous quel aspect et de quelle manière. Je fourbis les armes, je me prépare à lutter contre cette malédiction. Je ressemblerai à Cassius Clay, tout le monde le verra ; souffrirai-je un peu moment* en provoquant la pitié de ceux qui me verront ? Pas sûr.

Après la pitié, s'installera la souffrance. Je réclamerai moi aussi de l'aide et de l'amour. J'ai la chance d'être entourée de gens qui m'aiment et leur présence fait reculer Parkinssonn.

Aidants I

Ce chapitre sera sans doute plus court que les autres. J'avance dans l'écriture avec de plus en plus de difficultés. Je supprime des phrases qui ne veulent rien dire. Et puis la pudeur surgit tout à coup, inexistante quand je parle de moi ou de Parkinsson, mais obsédante quand je voudrais évoquer ceux qui m'aiment et que j'aime.

Dans tous les handicaps, qu'ils soient chroniques, mortels, nouveaux, cognitifs, moteurs, invisibles…, quel que soit leur nom, il y a toujours auprès des malades des « aidants » pour prendre soin d'eux et des malades qui vivent avec un handicap. Jusque-là je n'ai rien écrit sur les aidants dans ce livre. Alors il est temps.

Aidants II

Toutes les pages précédentes développent surtout les difficultés à vivre avec un handicap ; il n'a pas encore été question des aidants. Pourtant, ce sont eux qui supportent le poids du handicap et font face au développement de la maladie, dont les manifestations sont parfois très difficiles à comprendre, à porter, à adoucir.

On dit même que les aidants meurent plus vite que les aidés dont ils ont la charge. Il est très difficile et parfois presque impossible de se mettre à la place d'une victime en situation de handicap. Et dans le regard de ceux qui ne sont ni aidants ni malades, apparaît un malaise qui agrandit le fossé entre les aidants et ceux qui n'ont jamais côtoyé des victimes du handicap.

On isole les victimes de handicap, on isole aussi les aidants ; aucune grafiticasion* pour eux, aucun attendrissement. D'ailleurs ils n'en attendent pas. Les aidants sont pour la plupart des bénévoles qui prennent en charge ceux qui ont besoin d'eux dans le cercle le plus intime des parents ou des amis. Mais s'il y a décalage de regard entre ceux qui côtoient la maladie, ceux qui la subissent et ceux qui prennent soin des malades, le fossé devient gouffre entre le monde du handicap et celui des bien-portants.

Aidants et malades ne sont pas dans le même tempo face à la maladie. Entre eux s'installe cahin-caha un équilibre instable, un décalage permanent.

L'aidant attend du malade qu'il fasse des efforts, surtout quand le handicap est léger ou invisible ou les deux, l'aidant finissant par oublier le handicap et la situation de la victime du handicap :

« Tu pourrais faire le lit. »

« Range un peu s'il te plaît. »

« Nous avons un dîner ce soir, tu ne vas pas changer d'avis ? »

« Tu as pris tes médicaments ? Les trois ? Tu es sûre ?

« Un apéro, alors ? Trop fatiguée ? Ah bon ! Je vais les appeler pour décommander. Je leur dis quoi ? Que tu as la grippe ? Ou moi ? Comme tu préfères. »

« Tu as appelé le professeur de yoga ? »

« Tu es toujours fatiguée. Toujours. C'était pareil avant ta maladie. »

« Et le dentiste ? »

Drôle de couple aidés/aidants : pour celui qui est en situation de handicap, il trouve légitime d'être aidé. Cette légitimité est partagée par l'aidant, ce qui peut sembler paradoxal à beaucoup sauf pour celui qui vit comme une évidence l'aide qu'il peut apporter à l'aidé. Peu de révoltes, peu de plaintes chez les aidants, qui trouvent naturel de s'occuper d'un proche : sœur, tante, parent, enfant. Ils prennent soin de tous ceux qui, pour une période longue ou courte, ponctuelle ou passagère, perdent leur autonomie et ont toujours besoin de présence, de soins, d'attention.

Mais pourquoi cette maladie m'est-elle tombée dessus ? Vous voyez je ne reste pas longtemps sans parler de moi. Mais je parle, j'écris aussi au nom des autres, de tous les autres, victimes de Prisiton. Le mystère est entier pour moi comme pour eux ; nous formons un ensemble de malades qui, quelle que soit la façon dont se développe le mal, ont en commun ce satané Parquingsson.

En France, on compte à peu près cent cinquante mille cas de Prakijon, ce n'est ni un virus, ni une bactérie, et le mystère est toujours le même : comment cette maladie est-elle venue s'inscrire en moi pour détruire des neurones, MES neurones ?

J'ai tort de penser ainsi cette maladie. J'ai tout faux : elle ne vient pas de l'extérieur avec sa charge de sortilèges, non, elle sort de moi. Impossible de raisonner de manière archaïque en faisant appel aux maléfices et aux sorts jetés par certains. Ai-je tant d'ennemis ? Non, elle ne vient pas de l'extérieur, c'est l'ensemble de la machine qui s'use et se sclérose. Pourquoi ? Là réside encore le grand mystère.

Mystère, peut-être, mais pas de « *fake* ». Pas question d'entrer dans le domaine de l'irrationnel où toutes les sottises d'une pseudo-pensée se renforcent les unes les autres ; cette maladie, c'est la version « sur place » : rien à apporter, rien à emporter. Et on est bien tenté par cette manière de la vivre, à cause de son caractère irrationnel qui justement ne s'explique pas... pour le moment ! Les neurones, en particulier ceux de la substance noire, dégénèrent et meurent. Les autres prennent de plus en plus de place dans l'ensemble du cerveau. Et voilà, c'est tout. Circulez ! Y a rien à voir ! Pas de maléfices, pas de malédictions, pas de rémission.

OK... Mais quand même, pourquoi est-ce tombé sur moi ?

L'eau à la bouche

Salivation plutôt que bave, forcément. « Bave » est un mot cruel pour ceux qui en sont victimes. Les autres font semblant de ne pas voir ou essuient tendrement et furtivement un coin de lèvre.

Vous avez déjà déjeuné en face de quelqu'un qui bave en mangeant ? Ce dégoût qui se lève en vous, cette pitié qui apparaît. (Je vous renvoie à la nouvelle de Stefan Zweig *La Pitié dangereuse*.) Ce mélange de bassesse et de compassion, de gêne et d'empathie, ne l'avez-vous jamais ressenti ? On fait semblant de ne pas voir et on a honte de faire semblant.

Je repense au jeune chauffagiste, à ses yeux entre le gris et le bleu. Dans son camion, lui ne m'avait pas regardée comme un être étrange, étranger même, fabriqué par l'image. C'était juste avant le diagnostic, juste avant que le couperet ne tombe.

Ces regards-là, tous ceux qui sont victimes d'un handicap les subissentent* plus que quiconque. Ces regards-là doivent disparaître.

Je crois au pouvoir des mots. C'est pourquoi je te propose, ami lecteur, de remplacer le mot « bave » par « salive » et même de remplacer « salive » par « eau ». Peu à peu le regard change avec les mots jusqu'à cette expression magnifique : « L'eau à la bouche ».

On a l'eau à la bouche quand est servie la plus appétissante des nourritures. Avant même de l'avoir goûtée, on la voit, on respire son fumet, on la dévore des yeux... Bref, on convoque les sens. Et c'est dans le bonheur de cet appel aux sens que l'on salive. « L'eau à la bouche » est une salivation ; elle est la marque d'un moment sensuel de joie et de gourmandise. Pas de quoi être dégoûté !

Tous les sens ne sont pas convoqués pour que coule « l'eau à la bouche ». Parkinzon nous fait parfois aussi perdre l'odorat et parfois le goût. Restent cependant les autres sens, en particulier la vue pour jouir de l'instant préesent* sans références à d'autres. La maladie nous apprend que chaque patient est unique, dans l'attaque du mal, comme dans la façon de vivre sa maladie. Ne pas se laisser faire. Ne pas se résigner. Rechercher ce qu'on aime. Bouger ! Danser ! Le combat n'est pas terminé. Il peut être gagné !

Épilogue

Comme tous les jours, le chat est venu s'installer sur moi en cette fin de nuit. Nous voilà tous les deux immergés dans le silence, troublé seulement par la souris de l'ordinateur, le cri d'une mouette qui remonte la Seine à l'abri du froid et le ronronnement de la petite bête qui frémit, le nez enfoui dans l'écharpe où elle retrouve mon odeur. Je murmure des mots doux à son oreille. Le chat s'étire, bave de plaisir. Les chats comme les humains bavent, les humains par gourmandise, les chats par amour.

En même temps qu'il salive sur mes genoux, il sort alternativement ses griffes de la patte gauche, puis celles de la droite. « Il fait du pain », aurait dit Colette. Il pétrit l'écharpe comme le boulanger son pain, c'est ainsi qu'il est heureux. Mais son amour est bien douloureux pour moi : à chaque pétrissage, ses griffes s'enfoncent jusqu'à ma peau, et des dizaines d'épingles pénètrent ma chair. J'ai donc établi un rituel copié sur mon père, cet amoureux des chats et des mots croisés : entre les griffes et ma peau, je pose un petit coussin sur mes cuisses. Au début, il se montre réticent : le coussin n'a ni l'odeur, ni la couleur, ni le matériau qu'il connaît. Tout est nouveau. Mon chat n'aime pas ce qui est nouveau. Mais mon chat m'aime. Finalement, il a été d'accord pour le coussin et nous avons gardé nos rendez-vous des petits matins. Le jour s'est levé, les mouettes dansent dans le ciel, le chat se rendort. Moi pas. Ce sera pour plus tard. J'ai le temps.

Comme la vie est lente,
Et comme l'espérance est violente.

Guillaume Apollinaire

Remerciements

Mes remerciements les plus chaleureux vont à mon amie Katerine Dezaux pour son assistance patiente.

Merci aussi au docteur J.-F. Chermann qui m'accompagne avec perspicacité dans ma nouvelle vie avec P.

Table

Table

Pour en savoir plus
sur les Éditions Plon
(catalogue, auteurs, vidéos, actualités...),
vous pouvez consulter notre site Internet
www.plon.fr

lisez!

et nous suivre sur les réseaux sociaux

Editions Plon

@EditionsPlon

@editionsplon

Achevé d'imprimer en septembre 2018
par Normandie Roto Impression s.a.s.
61250 Lonrai
N° d'impression : 1803441

Imprimé en France